Les années-tennis

Du même auteur

Un congé forcé, roman, Montréal, l'Hexagone, 1996.
Voix, roman, Montréal, VLB éditeur, 2004.
Ma reine, roman, Montréal, Boréal, 2006.

Normand Corbeil

Les années-tennis

Récits

vlb éditeur
Une compagnie de Quebecor Media

VLB ÉDITEUR
Groupe Ville-Marie Littérature inc.
Une compagnie de Quebecor Media
1010, rue de La Gauchetière Est
Montréal (Québec) H2L 2N5
Tél.: 514 523-1182
Téléc.: 514 282-7530
Courriel: vml@sogides.com

Maquette de la couverture: Anne Bérubé
Illustrations de la couverture: istockphoto © Christoph Ermel
istockphoto © William Howe
shutterstock © riekephotos
shutterstock © regine schÃ¶ttl

Catalogage avant publication de Bibliothèque et Archives nationales du Québec
et Bibliothèque et Archives Canada
Corbeil, Normand
Les années-tennis: roman
(Collection Fictions)
ISBN 978-2-89649-097-4
I. Titre.

PS8555.O593A76 2010   C843'.54   C2009-942588-2
PS9555.O593A76 2010

DISTRIBUTEURS EXCLUSIFS:

• Pour le Canada et les États-Unis:
MESSAGERIES ADP*
2315, rue de la Province
Longueuil, Québec J4G 1G4
Tél.: 450 640-1237
Télécopieur: 450 674-6237
Internet: www.messageries-adp.com
* filiale du Groupe Sogides inc.,
filiale du Groupe Livre Quebecor Media inc.

• Pour la Suisse:
INTERFORUM editis SUISSE
Case postale 69 – CH 1701 Fribourg – Suisse
Tél.: 41 (0) 26 460 80 60
Télécopieur: 41 (0) 26 460 80 68
Internet: www.interforumsuisse.ch
Courriel: office@interforumsuisse.ch
Distributeur: OLF S.A.
ZI. 3, Corminboeuf
Case postale 1061 – CH 1701 Fribourg – Suisse
Commandes: Tél.: 41 (0) 26 467 53 33
            Télécopieur: 41 (0) 26 467 54 66
            Internet: www.olf.ch
            Courriel: information@olf.ch

• Pour la France et les autres pays:
INTERFORUM editis
Immeuble Paryseine, 3, Allée de la Seine
94854 Ivry CEDEX
Tél.: 33 (0) 1 49 59 11 56/91
Télécopieur: 33 (0) 1 49 59 11 33
Service commandes France Métropolitaine
Tél.: 33 (0) 2 38 32 71 00
Télécopieur: 33 (0) 2 38 32 71 28
Internet: www.interforum.fr
Service commandes Export – DOM-TOM
Télécopieur: 33 (0) 2 38 32 78 86
Internet: www.interforum.fr
Courriel: cdes-export@interforum.fr

• Pour la Belgique et le Luxembourg:
Interforum Benelux S.A.
Fond Jean-Pâques, 6
B-1348 Louvain-La-Neuve
Tél.: 00 32 10 42 03 20
Télécopieur: 00 32 10 41 20 24
Internet: www.interforum.be
Courriel: info@interforum.be

Dépôt légal: 1er trimestre 2010
Bibliothèque et Archives nationales du Québec, 2010
Bibliothèque et Archives Canada

à Louise H.
au bord de la rivière

J'en profite pour saluer :

Ceux et celles d'Orford-sur-le-lac, d'Outremont,
du parc Nicolas-Viel et du Tennis Saint-Laurent,
qui se reconnaîtront ;

Isabelle C., Hélène L., Robert G., Guy C., René B. ;
plus particulièrement Guy D. qui m'a offert ma première
raquette et mon premier été de tennis ;
Louis G. qui se fait rare, et Yves C. qui a fui en exil ;

de façon spéciale, Pierre M. l'ennemi passionné de la haute
époque, ainsi que Serge T. le compagnon tout terrain
et toutes circonstances ;
mais d'abord et avant tout, Guy G. le joueur, l'animateur
et l'hôte au cœur de tant de rencontres et de matchs ;

tous ceux que j'ai haïs dans le feu de l'action
comme je me suis haï moi-même, tous mes semblables
qui se prennent pour un grand joueur,
à qui le tennis apprend à s'étonner chaque fois
de ne pas mieux se connaître,
nous renvoyant ainsi à la vie dont il a enrichi telle heure,
tel jour,
telles années.

Les années-tennis
de Normand Corbeil
est le neuf cent dixième ouvrage
publié chez VLB éditeur.

La collection « Fictions ».
est dirigée par Marie-Pierre Barathon.

VLB éditeur bénéficie du soutien de la Société de développement des entreprises culturelles du Québec (SODEC) pour son programme d'édition.

Gouvernement du Québec – Programme de crédit d'impôt pour l'édition de livres – Gestion SODEC.

Nous reconnaissons l'aide financière du gouvernement du Canada par l'entremise du Programme d'aide au développement de l'industrie de l'édition (PADIÉ) pour nos activités d'édition.

Nous remercions le Conseil des Arts du Canada de l'aide accordée à notre programme de publication.

Tout ici-bas est lyrique dans sa représentation
idéale, tragique dans sa réalité,
et comique dans son déroulement.

GEORGE SANTAYANA

Chaque génération hérite : langages, désirs, idéaux. Sans oublier la merveilleuse énergie. Et on s'élance ! Comme une éponge sur le rivage qui monte et revient, de la mer à la terre, à la mer encore. C'est l'été de la vie avec sa brûlure, c'est le vent d'après-midi qui subitement s'agite, pour le pur plaisir : que faire de ce qui pulse dans le cosmos et dans nos artères, fatiguons-nous ! – demain nous serons reposés. Une balle de tennis dans l'air tiède, une balle filante, sera aussi bien le prétexte que l'image de cette jeunesse qui joue, qui passe.

Notre condition instable de vivant constitue le vrai sujet de ce livre.

Cette tension de tous les âges finalement, de tous les jours. Ne pas savoir très bien *ce* qui est là, ni même *qui* est là. Habiter un présent qu'on aimerait saisir, mais le veut-on vraiment ? Dans cette condition, personne d'équilibré, chacun s'affronte à l'incontrôlable : enfance, corps, caractère. Barbara et Bob Wilson, Henri, son gendre et sa famille, comme Arnold, Pascal et les autres, font des joueurs idéalistes ou lyriques, ce qui suffirait à les rendre tragicomiques. L'époque leur a fait croire qu'ils étaient libres et païens tels ces vieux Grecs, sauf que ce sont de jeunes Grecs, un peu « mélangés ». Restent, pour capitonner l'existence, ces moments où l'on semble faire contact. La question revient : avec quoi au juste, avec qui ?

J'aime penser qu'ils évoquent la phrase de Santayana, et son art de saisir la vie au vol en si peu de mots.

Les premières feuilles d'automne tombent en silence
dans le sous-bois, les dernières font un vacarme.

Dicton japonais

Le gâteau de Pierre

1

Un jour, il disparut. Mais disparaître, est-ce le bon mot ?
Une disparition a quelque chose de brutal, et puis encore faut-il quelqu'un pour la déclarer. En fait, ses liens
avec l'entourage s'étaient relâchés, effrités, comme un
mur moisit lentement derrière les herbes folles. L'efface-
ment s'insinue petit à petit, jusqu'au jour où la disparition d'elle-même disparaît.

Des années avaient passé, lorsque le sergent M. nous
tira du lit par un beau samedi matin, la main sur le gui-
don d'une bicyclette ; c'était bien celle de ma fille Gene-
viève. J'avais rempli une déclaration au poste la semaine
précédente, sans grand espoir, et voilà qu'on l'avait retrouvée aux abords de la voie ferrée dans cette zone
grise qui nous sépare de Ville Mont-Royal.

Le sergent, un grand garçon jovial et balourd élevé
en face de chez nous, ne voulait qu'une chose, devenir
policier. « Ils ne le prendront jamais, disait mon père,
il a les pieds plats. » On l'a pris, dans la belle banlieue
voisine justement, et on a bien fait : un peu bavard, certes, mais doté d'un rare sens communautaire, il a été
décoré pour bravoure. Avec lui, une matinée d'automne
splendide était entrée dans le salon, la fraîcheur au soleil
mélangée, une matinée idéale pour empiler ses feuilles
mortes. Après les formalités d'usage, le sergent fit quelques allusions au passé, sautant d'une histoire à l'autre
comme s'il avait tout son temps. Peu à peu, il reculait

vers le vestibule. Il allait mettre la main sur la porte lorsqu'il se retourna et me toisa d'un œil allumé, mi-officiel, mi-confidentiel :

– Pierre-Robert Wilson, vous avez connu ça, vous? Je gage cent dollars que vous ne savez pas ce qui s'est passé!

Instantanément, je l'ai vu, là, juste à côté de nous. Sa façon de sourire et de marcher sur le court après la victoire, le mouvement de ses épaules quand il élevait le ton. Ce qui a dû me colorer le visage, car l'officier resta au garde-à-vous, presque solennel. La main que j'allais lui donner remonta comme d'elle-même pour prendre son bras pendant que j'entendais une voix qui disait : « Si j'ai connu Bob… »

Il avait beau promener un mutisme hautain et dire des autres qu'ils devraient se taire, j'avais soudain la tête pleine de mots, d'éclats de voix. À commencer par son prénom, que tout le monde aussi avait oublié. Barbara disait parfois Pierre-Robert, comme ceux qui ne le con-naissaient pas, mais elle se contentait le plus souvent de Pierre, alors qu'au club tout le monde s'était mis à l'ap-peler Bob, coquetterie anglo-saxonne qui n'était pas pour lui déplaire.

On s'est fréquentés, oh, une bonne quinzaine d'an-nées. Ai-je été son ami, son ami intime? Peut-être, je ne sais pas. Qui l'a été? Fils unique, à moitié Irlandais, il en avait hérité quelque chose de farouche, presque rageur dans le tempérament, une rage rentrée qui venait sou-vent mourir dans un rire spectacle, un rire faux. La ru-meur voulait que sa mère, belle et un peu exaltée, ait abusé des tranquillisants. Le père, séduisant mais colé-rique, avait voyagé d'un métier à l'autre pour finir dans les assurances. Il avait surtout fait profession de s'absen-ter, et Barbara parfois laissait tomber à son propos : « Ton père, on sait bien… »

À l'été de ses quinze ans, le jeune Pierre-Robert avait quitté sa banlieue de l'est une première fois. L'adolescent grandi trop vite commençait des fréquentations douteuses, on l'envoya deux semaines se changer les idées dans les Laurentides chez des cousins récemment installés. Deux semaines qui pouvaient remonter avec des détails étonnants vingt ans plus tard. On sentait bien, lorsqu'il parlait du lac Connelly, que cette campagne était *la* campagne et ce chalet, *le* chalet. Rentré avec des « cocottes » d'épinette plein les poches, dont devait sortir je ne sais plus quoi si on les mettait dans le noir, il les avait alignées soigneusement sur la tablette d'un placard.

2

Fallait le voir jouer. En fait, il jouait tout le temps, un vrai bluffeur. Il pratiquait le tennis comme un art de l'esbroufe, avec lyrisme et provocation. Un tennis latin, une espèce de tauromachie. Perçait pourtant chez lui quelque chose de très *british*, à commencer par son goût pour le décorum. Il observait la règle du blanc comme un enfant de chœur et ne s'obstinait jamais sur un point, ç'aurait été là un désolant « manque de classe ». Ah ! la classe. Pour Bob, la classe n'avait rien à voir avec l'art de tenir une petite cuillère, ce qui ne veut pas dire qu'elle n'était pas racée ; rien à voir non plus avec le récital, ce qui ne veut pas dire sans poésie. La classe dont il parlait était délicate et virile dans un dosage bien à lui. Un pur-sang par exemple, qui va et vient du piaffé au trot allongé. Ou bien, après avoir couru dans la rosée du parc, donner un ou deux bons coups de raquette sur ses semelles avant de monter sur le court vierge ; puis, serrée contre la hanche, ouvrir une boîte de balles neuves en laissant siffler doucement : « Un des grands arômes de la Nature, avec le gazon frais coupé ! » Le manque de classe, c'était de fouler la terre sacrée déguisé en sapin de Noël avec trois patates dans la main.

– … la classe, Mike, c'est la plage d'Ogunquit à huit heures le matin, les mille couleurs de gris et de beige rosé – ça me fait toujours penser à un beau foie gras –, la vague qui vient faire son ourlet au bout de tes sandales, les petites filles dans le houblon qui battent des ailes et crient comme les mouettes, puis des pieds de femme bronzés, bien sculptés, qui s'avancent sur le sable, et le petit tremblement de terre que ça fait autour ; si tu la prends par la main et la forces à courir, c'est encore mieux, ça fait une mouette de plus ! La classe est affaire de rythme, de vitesse, comme la beauté, il faut quelque chose qui bouge et quelqu'un qui reste. Si tu croises une femme dans la rue sans t'arrêter, ce n'est pas encore la beauté, il faut stopper, au moins en toi-même, revenir sur l'image, te retourner et attendre, en vouloir plus, pendant qu'elle continue à bouger. La classe, c'est huit heures du soir si tu préfères, l'été flotte dans l'air inno-cent, tu rentres d'une plage du Cape Cod par la route de Long Nook, tu mets *It's all the same* de Bob Seger, assez fort, après son « *nobody would forsake…* », tu attends qu'il soit rendu à « *feeling high* » et là, attention, il y a une syncope, zoop ! tu commandes le toit ouvrant, des grumeaux de nuage passent entre les branches, blancs, roses, verts, *name it*, tu glisses ta main sur les genoux de ta blonde et tu l'embrasses, un œil sur son museau, l'autre sur la route, parce que je t'avertis, ça tourne ! Si ses cuisses ne bronchent pas, c'est mauvais signe. Sinatra aussi dans *Strangers in the night*, rendu à « *ever since… we've been together…* », il y en a toute une, idéale pour toit ouvrant. Essaie, tu m'en reparleras !

Bob adorait les syncopes et les bords de mer de la Nouvelle-Angleterre. Il adorait aussi les formules de carte postale : « *Life is a beach* », répétait-il en riant. Sur une plage, toujours, il y avait la beauté, jamais la même.

La mer, le rythme. « Et s'il y a une sirène sur cette *beach* par-dessus le marché… », ai-je risqué une fois.

– Voyons, mon cher, sois sérieux, la beauté dont je parle, c'est pas accidentel. Un coucher de soleil, c'est pas n'importe quand pour n'importe qui. Les coups de badigeon qui s'espacent, l'effet chinois, les oiseaux qui tirent le rideau, le vent tiède dans la figure, tout est relation, mon vieux, attente et relation. Je dois tenir ça de ma mère. Elle courait au bout du terrain les soirs d'été ; quelqu'un lui avait crié « Margot ! », on connaissait son faible. Elle arrivait, bouche ouverte, la mèche sur le front, un linge à vaisselle dans une main, l'autre s'agrippant à la clôture, pour voir descendre la boule rose entre deux réservoirs et trois cordes à linge. Je me souviens, le même rose que dans son poudrier. Et de se pâmer, « c'est-tu assez beau ! ». Ces soleils de juillet, tu sais, qui fondent à l'horizon les uns après les autres. Elle avait les yeux presque fermés, c'était son Texas, son Hawaï. Je revois sa main sur le poteau, ses doigts longs et noueux, ses doigts piqués de couturière. Le soleil en face, et son visage illuminé, ça se ressemblait. Oui… On dit qu'il y en a qui meurent pour des idées. Crois-moi, on meurt bien plus pour des impressions que pour des idées.

3

J'ai connu Bob dans les années 80, nous avions plus ou moins une trentaine d'années. Borg et McEnroe fascinaient la planète, un groupe de tennis s'était formé à l'Office : une dizaine de joueurs, un médecin, un homme d'affaires, deux informaticiens et les autres en cinéma que je côtoyais comme directeur du personnel. Je l'avais amené après l'avoir croisé dans un tournoi, comme Pascal avait amené Arnold, deux outsiders qui se ressemblaient d'ailleurs, deux originaux. Certains étaient plus âgés, presque célèbres, comme Denis ou Jacques, d'autres, plus jeunes ou plus beaux, comme Bernard et Pascal. Les styles un peu disparates, mais le niveau assez homogène, la mentalité aussi. On ne croyait ni à Dieu, ni à Diable, on n'admirait pas souvent. C'est le présent qui nous obsédait, on voulait une vie pleine. Jusque-là, après dix ans passés à s'installer, on avait été vertueux, d'où le sport. Certains commençaient à vouloir assurer, concrétiser, ils ne s'appellent pas réalisateur ou producteur pour rien ! D'autres vivaient tranquillement en attendant que le soleil revienne chaque année. Et il y a ceux qui visaient quelque chose de plus ou moins vague, sans trop savoir. Concrétiser est le bon mot, celui qui mettait le feu aux poudres – une chance, je suis négociateur ! La différence entre la réalité et les images est claire, mais entre nous, en cinéma, la réalité sérieuse, c'était les images. Selon Bernard, il y avait ceux qui « s'en contentaient » et ceux qui cherchaient « autre chose ». Ce n'est pas parce qu'on est réaliste qu'on cesse de rêver. D'où le sport ! Les époux s'ennuyaient gentiment sans trop le montrer, les célibataires aussi, personne ne surfait vraiment sur la vague. Tous un peu acteurs, comme on l'est à trente ans, tous encore jeunes ; on prenait le temps comme on prend le grand air, il y a de la place à gauche, à droite, en avant… En tout cas, il y a un endroit où personne ne la donnait, sa place : un court de tennis avec son double du samedi matin. Là, avoir réussi, avoir de l'argent, avoir raison, ce n'était pas important. Absolument pas. La seule chose que nous savions, non, que nous sentions, c'est qu'un match résume la vie, on ne revient jamais en arrière, on ne peut rien conclure d'avance, ça se passe ici et maintenant, à chaque instant tout peut changer, la folie menace, celle du « gros coup ». Le court était notre cloître.

Le sergent souriait. J'ai cru bon d'insister : « Tu comprends, on lève les yeux, entre nous et le ciel, il n'y a rien, on est au ciel ! »

Pierre et moi – c'était encore Pierre au début – nous retrouvions souvent du même côté. Son style olympien, mon style sautillant, on formait la paire. Deux ou trois ans plus tard, il a déménagé près de la maison. Peu à peu, une trame légère s'est tissée, il a connu Françoise et nous Barbara. Tout cela cependant de façon intermittente, comme sans avenir.

Joueur acharné, le plus inspiré d'entre nous, il avait la puissance, le coup de fouet, et ce qui se trouve rarement chez le même joueur, la touche. Les nerfs mis à part, son jeu rappelait la manière classique et appliquée de Robert Bédard, la force de ses jambes, si bien que le compliment d'associer ainsi les deux « Robert-Bob » devait lui aller droit au cœur, et je ne m'en privais pas quand on tirait de l'arrière. Il retournait bien du fond, pouvait déposer une volée plate avec des angles inattendus, faire un service rentrant ou sortant, au choix, quand il se concentrait. Tout est là! Plus doué, mais souvent moins efficace. Peu importe le score, il cherchait la balle de rêve plutôt que la balle « du livre »; un côté adolescent qui nous a fait gâcher bien des matchs. Après ces coups foireux, les mains sur les hanches, silencieux, il hochait la tête : impossible de lui en vouloir. Avec ça, il portait beau sur le court, lançant des œillades de côté, et sa souplesse, malgré ses cent quatre-vingt-dix livres, pouvait vous faire regretter un lob ou un amorti.

Je me souviendrai toujours, un samedi midi, à la fin d'un double mémorable au parc Nicolas-Viel, Barbara et Françoise nous attendaient sur un banc pour un pique-nique. Mon homme s'approcha du filet au changement de côté et, mine de rien, pensant à la bouteille de rosé sans doute, sauta pieds joints par-dessus au lieu de faire le tour. Le coup ne manquait pas d'éclat, il y avait là comme un appel, un signe de ralliement pour préparer le *tie-break*. Fort de mes quarante livres en moins, j'ai décidé de remettre ça. Rater le haut du filet en pareilles circonstances, on s'en souvient longtemps. Les autres étaient pliés en deux, la cloche a sonné avant qu'on puisse terminer le match. Bob – peut-être que ce fut Bob pour la première fois – s'est empressé à mes côtés. Lui ne faisait que sourire; il m'aide à me relever et me prend par les épaules comme un grand frère: «Voyons, pratique un peu avant de te produire en public.» Il voulait faire oublier, j'en suis sûr, qu'on perdait à cause de lui. Chose certaine, sur un court de tennis, je l'ai vu heureux. Un bonheur fait de jambes lourdes et de soifs picotantes, avec les soleils de juin qui frappent comme des cymbales, quand le sang vous bat contre les tempes et vous met les lèvres en feu, et la sueur qui vous rafraîchit à la moindre brise, et le nez qu'on plonge dans la fontaine rouillée en sirotant des gorgées qu'aucun vin n'égale. Sans parler des matchs de septembre, où l'air fait dans la raquette une autre musique, une autre touche, mais c'est la même virilité antique et la même inquiétude moderne, celle du pointage. Ces années, quand j'y repense, et il le pensait aussi j'en suis sûr, dans cette insouciance typique d'une petite communauté sportive, ces années ont été pour nous les années-tennis, comme on dirait les années-jeunesse ou les années-lumière, car c'est bien à cette vitesse qu'elles ont passé.

En blaguant, c'est-à-dire sérieusement, Bob associait tennis et absolu. Mathématiquement, moralement, esthétiquement. On pouvait sur un court contempler toutes les courbes de l'univers et toutes les vertus de l'âme, les ruses de l'intelligence comme celles des passions, le pape lui-même y perdrait sa sainteté. Pour ne rien dire du destin: «Mon vieux, lança-t-il un jour, chaque balle a sa trajectoire, comme chaque vie.» Les belles balles sont immortelles, et mourir sur le terrain, il en était persuadé, c'était revoir son coup gagnant pour l'éternité, contre un «pelleteux de fond de court» de préférence. Qu'importe la crise cardiaque si on voit sa volée flotter au ralenti le long de la ligne, flotter, flotter… pendant que saint Pierre ouvre la porte: «Partie, jeu et match! Bob Wilson, mon fils, *come on, come to Wimbledon Paradise…*»

Homme d'honneur et de code, baroque étrange et conservateur, fasciné par le miracle de la victoire, le tragique de la défaite, il voulait tromper le jeu, gagner toujours. Une étincelle allumait son sourire, une seconde après, une tristesse mordait ses lèvres, c'était immanquable. Il pouvait sauter dans sa Peugeot le vendredi à cinq heures, foncer en direction des pistes de Yonkers ou des roulettes d'Atlantic City, et rentrer aux petites heures le lundi matin, des histoires épiques plein la bouche. La chance! Chacun avait la sienne comme chacun a sa mort bien à lui:

– La chance, mon cher. Elle seule donne des ordres au hasard. Elle était là en face qui me faisait un clin d'œil, je ramassais trois mille dollars avec deux cents, tu te rends compte, même que je me suis arrêté à temps, oui, c'est ça le pire! Sauf que j'y suis retourné le lendemain, maudit fou, veux-tu me dire pourquoi! Je le sais, pourquoi. Il le fallait, fallait tester le ciel.

Pour Bob, la chance vivait au ciel. C'est bien sûr dix mille et non trois mille dollars qu'il visait. Il rentrait lessivé: «Je te le dis, Mike, tu ne me croiras pas, je le savais, je le savais au moment de pousser les *chips*, je te jure que je le savais!» Ses rêves avaient la force des apparitions.

4

Le sergent avait l'épaule dans l'angle du vestibule, moi, contre la porte fermée du boudoir, Françoise s'était assise sur l'accoudoir d'un fauteuil du salon, personne ne bougeait. Je la connais, elle se retenait de nous faire asseoir, mais je voulais poursuivre.

La première confidence de Bob a été une question, et tu pouvais compter sur lui pour répondre :

– Sais-tu à quel âge j'ai appris à nager ? À vingt-deux ans, dans la piscine des parents de Barbara. Tu ne me croiras pas mais j'ai pris mes premières douches à seize ans au collège, on n'avait pas l'eau chaude à la maison. J'ai appris le tennis contre un mur, même pas, contre des marches d'escalier, les marches en ciment de l'église presbytérienne en face. Sur l'arête, c'était une volée, dans le creux, une balle de fond. Je frappais, frappais, il y avait quelque chose d'hypnotique, je regardais la balle, je me regardais la frapper, tu comprends, j'étais joueur et spectateur. Ce qui fait que je suis devenu bon joueur, mais pas grand joueur ; un grand joueur regarde la balle jusqu'au dernier moment. Il n'y a rien de plus difficile, Mike – comme dans la vie, d'ailleurs. On lève toujours les yeux. C'est pas le présent qu'on veut, on veut passer au travers !

– Tu pousses un peu fort.

– *Oh yes ?* Quand tu rates l'ascenseur, tu exultes ? On pense à partir, une fois rendu, on pense à rentrer. Ça va mal, on pense à plus tard. Même quand ça va bien ! Même le sexe…, surtout le sexe. En finir avec la vie, c'est la moitié de la vie.

– Le sexe, peut-être, mais l'amour ?

Il a fait une moue, sans rien dire. Pour Bernard et lui, le présent était un mythe. Bob voyait ça comme des aimants inversés, plus le présent nous attire, moins on arrive à le toucher. Bernard, lui, pensait qu'il nous touche trop, il nous englue, on ressemble au type qui ne veut pas jeter ses vieux journaux. Mais pour les deux, le photographier, le filmer, c'était le trahir.

Après avoir grandi dans la banlieue pétrolifère de Montréal, il habitait la ceinture grise d'Outremont : il a commencé jeune à avoir hâte. Parler immobilier, terrains, valeurs était une passion, je m'étais habitué. Oui, la résidence. Un symbole, une revanche? Si on pouvait expliquer une obsession. En tout cas, le samedi, quand on rentrait le ventre creux, cuits, rôtis par deux heures de soleil, combien de fois il m'a fait son numéro! Était-ce une «petite commission pour Barbara» ou une «pure distraction», voici qu'on commençait à bifurquer, tourner, monter, autour il y avait de plus en plus d'arbres, de pelouses et de haies, de moins en moins de passants ou d'autos, une chape de silence les remplaçait, percée de chants d'oiseaux. La voiture ralentissait au pas de marche, et mon Bob d'admirer, le cou cassé entre rétroviseur et pare-brise, les manoirs des hauteurs de Maplewood: «As-tu vu le gâteau de pierre, mon vieux, ça doit bien aller chercher dans les cinq, six cent mille!» Parfois, l'écriteau d'une agence était planté sur le terrain, il s'arrêtait pile. Par-dessus ses Ray-Ban, je revois son sourcil inquisiteur qui balaie le décor de gauche à droite, de bas en haut. Il redémarrait lentement, semblant fixer quelque chose quelque part, l'œil brillant comme un Valentino.

Une fois, j'ai osé couper court:

– Tu serais vraiment plus heureux là-dedans?

– Ah ça, mon cher!… Disons que je pourrais y travailler! lança-t-il dans un de ses rires de gorge typiques. Et se tournant vers moi, l'air impatient: «Tu ne penses pas, Mike, que dans la vie, tôt ou tard, chaque homme veut sa maison, sa maison bien à lui?»

À force de courir, cette chance finit par se déguiser en pur-sang, sous la belle robe noire du gagnant du sweepstake irlandais. Gagner, le mot magique. On pouvait toujours jouer, mais gagner! À dix-huit ans, lorsqu'il rentrait dépité d'un tournoi, son père lui disait: «Quand on gagne, on gagne, quand on perd, on perd.» Bob a fini par en gagner un à trente-quatre ans, un petit tournoi avec sa petite foule: «Croyez-le ou non, j'en ai mal dormi.» Un de la bande s'était marré. Il avait répondu sans le regarder : « Mon vieux, dans la vie tu peux toujours essayer de faire mieux, mais tu ne peux pas faire mieux que gagner ! »

Trois cent soixante mille dollars pour un coupon qu'il avait, le dimanche soir précédent, à poil devant son casier, brandi puis embrassé ostensiblement en jetant un œil cabotin tout autour. Trois cent soixante mille dollars qu'il avait failli oublier sur le comptoir, n'eût été la vigilance de Maurice, le vieux concierge du club. Après le show du baiser, les yeux en l'air, il avait lancé d'une voix grasse chauffée par le sauna et la vapeur des douches : « 1983 va être mon année, je sens que la Californie s'en vient ! » Sur le coup, personne n'a saisi l'allusion. Quoi que ce fût, où que ce fût, il venait de s'en approcher par la longueur d'une crinière.

Quoi que ce fût, où que ce fût, quelques *furlongs* et moins de deux minutes avaient réussi là où dix ans de fausses promesses avaient échoué : Bob ne retournerait jamais sur une piste de course ni à une table de jeu.

On apprit bientôt ce que signifiait cette Californie. Les Wilson avaient fait le saut. Pas sur la côte ouest, ni sur les sommets de la montagne, mais par-dessus la clôture : ils venaient d'acheter un cottage à Ville Mont-Royal, *Town of Mount-Royal* comme on disait encore. J'aurais dû y penser. Sortait-on à bicyclette le dimanche avec Barbara et Françoise, Bob recommençait ses ruses grossières, pour, de détour en détour, nous faire aboutir immanquablement dans les avenues de la prestigieuse enclave. « Clôturée, mais de métal ombrageux », avait-il dit un jour en montrant le lierre. Si d'aventure on croisait un saule pleureur dans un parterre, il disait : « J'en aurai un, un grand. » Je le revois comme si c'était hier, qui s'engage dans les allées verdoyantes d'un coup de pédale alerte, toujours le premier, nous laissant loin derrière. On aurait dit l'aîné des bambins dans un conte de Walt Disney. Et c'est ce qu'il voulait être, je crois, le leader du rêve, sa vie se voulait fabuleuse.

Au club, les préoccupations de propriété revenant à l'occasion, il s'envolait. À l'entendre, Mont-Royal c'était Beverly Hills à quelques pas, rien de moins, le rêve américain. Et d'ajouter : « Je vous le dis, papa a raison ! », formule lancée le plus souvent en anglais, *Father knows best.* Au fond du bungalow familial saturé de Florient pour anéantir les effluves de Fina et Texaco, il avait regardé les mêmes émissions américaines que nous, à l'âge où elles semblent les plus innocentes et font le plus de ravages, on pense voir une leçon de vie alors que c'est le quartier et ses parterres qui nous marquent. Il aurait pu dire Long Island ou Auteuil, qu'il avait visitées en voyage, mais non, Bob tenait à Beverly Hills. L'horizon mythologique, il voulait le toucher. Ses sarcasmes allaient autour de la table aux mâchouilleurs de *chips* qui avaient la fantaisie trop modeste, « constipée » était son mot, ou qui parlaient de ghetto rhodésien pour fustiger Mont-Royal, ses immenses *split-level* et sa toquade isolationniste. « Manque de classe, rétorquait-il avec dédain, et le manque de classe en rêve, c'est grave ! » Chacun se défendait avec un fleuret, lui, il brandissait son sabre. La vraie classe devait balayer tous les scrupules, comme le beau coursier au nom loufoque l'avait fait l'autre jour en secouant son panache bleu dans le box des vainqueurs.

Dans ce rêve de quinze mille pieds carrés angle Kenworth et Clareview, les Wilson transportaient une vie de ménage calme, sinon délicieuse, pour un couple plutôt désassorti. Chacun au club avait son idée sur leur avenir, moi, j'étais plus inquiet. Barbara avait appris l'art du lest, oui, mais quel art peut maîtriser les forces qui travaillent certains mariages ? Et les uns et les autres de se moquer d'avance, en imaginant la crémaillère et les protocoles où les nouveaux riches n'allaient pas manquer de « s'enfarger ».

Il n'y eut pas de crémaillère. À Pâques, le groupe de tennis faisait relâche. La semaine suivante, Jacques reçut un coup de fil, Bob s'excusait, et la saison intérieure prit fin. De méchantes langues, sur ce, prétendirent qu'il fallait bien investir dans les relations avec les voisins, à moins que ce ne soit dans les cours d'anglais, ou de… yiddish. Elles oubliaient qu'un tiers de million, même en ajoutant la vente du condo, suffirait tout juste aux élus pour assurer leur installation, ce que Denis en gloussant appelait «négocier la transition vers leur nouveau train de vie».

Entre semailles et vendanges, le trio tennis-piscine-barbecue comme prétexte, nous allions être parmi les rares à fréquenter Clareview. D'autant que nos femmes s'initiaient à la raquette avec la dévotion des néophytes. Ces invitations, bizarrement, tenaient chaque fois de la familiarité et des retrouvailles. Encore fallut-il attendre. Le premier été, les heureux gagnants ont disparu derrière la haie, ou quelque part entre le garage, le sous-sol et les différentes pièces de rangement. Ce fut pour le mieux sans doute. S'il aimait bluffer et gagner, Bob n'était ni rustre ni snob. Quelqu'un qui peut réciter les exploits de Secretariat et de Northern Dancer après avoir entamé *My Old Kentucky Home*, qui peut comparer les revers de Rosewall et Pietrangeli, les beautés du jardin zen et du théâtre nô, la grandeur mystique du hara-kiri et des kamikazes, ou qui peut s'enflammer un quart d'heure pour un petit lac et son ciel bleu dans un tableau de Van der quelque chose, est tout sauf un rustre. Pour lui, la culture était autant un privilège qu'une responsabilité. On se trouvait tous à cheval sur deux mondes, l'avant et l'après 1960, l'américain et le français, l'aisé et le malaisé, il sentait cette schizophrénie. En bon fils récupéré par le système, les prétentieux l'agaçaient. «Quand je pense à mes vieux qui n'ont pas connu l'art dentaire, qui ne savaient ni jouer ni nager ni rien, quand je pense à leur vie et à la mienne, je ne suis pas sûr de l'avoir mérité.» Leur retraite a duré un an.

Je me suis retourné pour regarder ma femme : «Tu te souviens, Françoise, tu as dit "ce n'est pas si long pour amortir un rêve".»

5

Il fallait bien qu'il travaille sur son nouveau statut. Surprendre plutôt qu'être surpris, réflexe de tennisman. Dès notre première visite du moins, les rôles dans le couple étaient quasiment inversés. La porte s'ouvrit, ils étaient là tous les deux, la tête de Barbara dans l'épaule d'un homme souriant et presque muet. Pendant que Françoise allait d'admiration en étonnement devant telle couleur de travertin, telle perspective, ou ce massif floral asiatique, et ce living couleur saumon rehaussé d'un de ces rouges, pendant que la maîtresse de maison rayonnait, notre hôte, lui, pratiquait l'art de l'éteignoir. Pas d'éclats, pas de chiffres, pas un prix, un ton de voix à peine altéré. Il laissa même tomber à un certain moment qu'«au fond, la vie à Mont-Royal ressemble à celle de n'importe quel quartier». Le ton se voulait neutre, sans émotion. J'avais une drôle de mine je suppose, et Barbara derrière son dos de me jeter une grimace en haussant les épaules. L'*American Dream* était donc un songe silencieux, troublé seulement par le chant des cigales. Aujourd'hui comme hier, après tout, Mont-Royal semble si recueillie lorsque brille sur ses grands érables un riche soleil californien.

Bob avait pris un associé, ce qui lui permettait d'aller au bureau trois jours par semaine et de veiller aux détails de sa nouvelle vie. Il n'y avait pas de saule pleureur, tant pis, il allait en planter un, un arbuste aussi avancé que possible, pour voir ses larmes argentées aussitôt que possible. Il m'a fait venir un jour, au sujet de l'emplacement, du moins c'était le prétexte. À trente-sept ans, il prenait conscience du vent et des nuages comme un convalescent découvre la santé. Avec une de ces voix entre le pasteur et le magicien, il m'annonça que «la brise peut se lever à Mont-Royal n'importe quand, sans que rien ne bouge de l'autre côté de la clôture». Le terrain plat, l'architecture horizontale, des *flats* texans pour la plupart, favorisaient, paraît-il, les courants d'air entre les frondaisons. Sur ces tourbillons, il était précis entre deux silences, j'allais dire sentencieux : «Tu comprends, ici, les seuls édifices sont des édifices de verdure.»

L'instant présent l'avait rattrapé. Dos au soleil, sa chaise longue juste à l'intérieur de l'ombre, il passait de longs moments étendu, la tête renversée, les yeux noyés dans les verts et les bleus. S'amusant à pointer un vert clair, miroitant, puis un vert noir, plus mat, «comme dans les tableaux de Fortin, d'ailleurs je me sens souvent au musée», et un entre-deux couleur de billard. Quand le tout s'agitait sur fond d'azur, était-ce «assez royal!», et il répétait que cela faisait – le mot m'est resté – un effet d'«entrelacs» :

– Ça me fait penser au *kodachrome* du mouvement hyperréaliste, des *photographismes* comme ils disent !

Mais ça venait de plus loin, comme tout ce qui se brasse dans le sac aux souvenirs. Parfois, il en laissait sortir un :

– Chaque année avec ma mère, on allait visiter une cousine à Ahuntsic. Je ne sais pas si tu le sais, mais Ahuntsic dans les années cinquante...! Fallait prendre l'autobus Crémazie, presque une heure, puis un tramway nous attendait au terminus Millen. On traversait des champs, mon vieux, je me demande même si on ne voyait pas des vaches, des vaches, tu te rends compte ! Entre la gare et le cottage de cette cousine qui avait «réussi», disait ma mère, on passait devant un vieux tennis. Le grillage, le gravier, le filet dans l'ombre des arbres, beaucoup d'arbres, beaucoup d'ombre. J'avais le nez dans le treillis, ma mère me tirait par la main. Veux-tu me dire ce qui nous attire tant parfois? Pendant qu'elles papotaient devant une tasse de thé, j'avais pris l'escalier, c'était la première fois de ma vie que je montais «au deuxième». Un placard était entrouvert, je pousse la porte et j'aperçois une raquette accrochée avec son machin de bois vissé et une boîte de balles fourrée dans l'étui à chaussures. Les balles, une espèce de laine qui sentait l'essence. C'est mon petit moteur qui en perdait de l'essence, je te jure! J'étais là dans le couloir, je caressais les cordes de cette drôle de guitare beige, le nez plein d'odeurs, toutes les odeurs de la maison étaient nouvelles. Je me rappelle la lumière blanche des rideaux, les feuilles et le ciel à travers – dans chaque pièce! Cette affaire de tissu et de cordes, cette drôle de musique, c'était du sport? Un sport de filles, oui! Les filles étaient en blanc, ça, je le savais. Ça m'annonçait quelque chose, mais quoi? Tu vas me dire qu'avec mon nom j'étais prédestiné. C'est drôle, en effet. À partir de ce moment-là, un court de tennis m'a toujours fait penser à un lieu intime, pas toi? Une espèce d'île déserte.

Bob regardait la vie comme si le monde faisait signe. J'ai bien dû partager quelques crises de contemplation aiguë. Un samedi, le téléphone a retenti à neuf heures du matin, il avait la voix pressante, c'était le moment ou jamais. Je n'étais pas descendu de voiture qu'il m'a poussé jusqu'à ma chaise, la tête levée vers le faîte des grands arbres: «Regarde-les bien danser!» En effet, les voici bientôt qui se jettent joyeusement d'un côté et de l'autre comme s'ils voulaient se toucher, échanger leur place, dans un bruissement de vagues imprévues. Des chevelures immenses, c'était magnifique. Au-dessus, des continents de cumulus dérivaient paisiblement, on n'aurait jamais cru que c'était leurs ombres qui couraient par terre comme des fantômes. Avec le ciel et les nuages, il ne riait pas : «À la longue, je ne sais plus si je suis di-lueur ou dilué, si c'est le ciel ou la mer, je sens le vide en dessous et non au-dessus, alors je plonge, mon vieux, je plonge ! » Un avion en haute altitude piquait dans les blancs et les bleus : «As-tu vu, une aiguille et du fil pour achever le tableau. »

Chacun suivait son pli, il disait son *permanent press*. Le sien, c'était de tout transformer en tableaux, c'était cette espèce de pose.

– Les beaux moments, mon Mike, on peut les vivre mais on ne peut pas les encadrer ! Chaque fois que je tire mon *lazy-boy*, la Création du Monde commence. Un jour c'est de l'huile, un autre de l'aquarelle, ça se défait, ça revient. Tu fermes les yeux, puis tu les rouvres : c'est encore plus beau ! Comme au lit avec une femme, as-tu remarqué, plus t'es excité, plus tu regardes, par contre, plus t'es immobile, plus tu vois ! L'idéal serait d'être mort !

La porte patio a glissé d'un coup sec et on a entendu Barbara : «Une autre attaque ! Le téléphone sonne, qu'est-ce que ça peut faire ? C'est moins drôle quand c'est moi au bout du fil qui compte les coups pendant que monsieur rêvasse ! »

La première année, par une de ces journées de septembre trop belles même pour le tennis, quand le chant des tondeuses a quelque chose de crève-cœur, je regardais au fond du jardin le gicleur en pleine action, lorsque Bob, la casquette sur les yeux, s'est laissé aller :

– Figure-toi, mon vieux, c'était au tout début, un 1er juin, la peinture n'était même pas sèche, on déménageait le lendemain. Tu m'imagines, en bermuda et savates avec les plantes vertes ; c'était un prétexte pour venir seul. J'ai ouvert les portes, les fenêtres, en avant, en arrière. Les rideaux se sont mis à onduler, la maison était immense, il me semble que je voyais mes rêves entrer et sortir. Je me suis assis par terre contre une boîte, je regardais la haie dans le soleil, complètement gaga, la lumière du living poudrait partout, il y avait le frisson des rideaux, les bâches qui traînaient et l'odeur d'*alkyd*, *that's it that's all*, une odeur qui m'a toujours écœuré et qui me semblait le parfum le plus extraordinaire. Tout à coup, les larmes, mon vieux ! Les larmes, que dis-je, les sanglots ! Je te jure, les épaules me sautaient, je riais et pleurais en même temps ! Ma mère aimait qu'on change la couleur des murs, à défaut de déménager... Une folie pareille, ça ne m'était jamais arrivé !

Il a fait une pause, la voix un peu changée.

– Non, c'est arrivé une autre fois, il n'y a pas si longtemps d'ailleurs. Tu te rappelles de mes démarches pour ces fameux billets ? À l'heure H, le jour J, comme dans *Holy Jesus*, quand j'ai enfin débouché dans les gradins du court central du Big W ! Ça faisait tellement longtemps, c'était arrivé. Attente et relation, oui mon cher. J'étais en avance d'une heure ! L'air embaumait, je ne sais pas trop, des pivoines peut-être. Je marchais comme un zombi, les tribunes étaient encore désertes, mais pour moi elles étaient pleines, ô combien ! Tout était vert sous le ciel gris, avec le grand tapis de soie quadrillé un peu jauni et ses lignes immaculées, quand je dis : immaculées ! C'était trop, *too much* ! J'entendais résonner les maudites trompettes du réseau ABC dans ma tête, « ta ri tam ta ra da dam, ta ri dam dam », et tu sais ce que je voyais ? Mon père, mon père assis avec son journal devant son sempiternel sport télévisé du samedi après-midi, boxe, golf, tennis. Un concentré d'été. Il rentrait après une semaine et s'assoyait, là ! Je me rappelle pas comment j'ai fait pour trouver mon siège, je cherchais surtout à me cacher les yeux derrière un kleenex. J'étais à Wimbledon, mon vieux, je pouvais mourir. Tu vois le spectacle. C'est ce qui s'appelle vieillir, je suppose.

Une des rares allusions à son père dont je me souvienne. Sa mère parlait souvent du Ritz Carlton, du Waldorf Astoria, il n'avait jamais osé lui demander si elle était déjà entrée, il avait peur de la réponse ; lui, il était vraiment allé à Wimbledon. En fait, je me rappelle une autre allusion, devant Ronnie : « Ronald Dubé, l'ancien chef de police de Mont-Royal, *tièmmar* comme il disait, que tu as dû rater de peu », fis-je à l'intention du sergent. On parlait baseball sur la terrasse du club et mon Bob, le Perrier dans une main, une balle Slazenger dans l'autre, mimait son père assis sur le bout des fesses quand les Dodgers battaient les Yankees en séries mondiales. Il prenait la voix de Pee Wee Reese qui décrivait la balle du circuit : « … *it's going, it's going, it's gone! IT'S A HOME RUN!* Mon vieux, si tous les amateurs avaient eu les yeux de mon père, on aurait pu voir ça de la lune ! » Il rigolait de son rire rentré, métallique : « *It's going, it's going, it's gone!* C'est à peu près notre trajectoire, hein, mon Ronnie ? » et il lui lança la balle dans les côtes en s'esclaffant.

Après le souvenir de Wimbledon, les yeux cachés par sa visière, Bob laissa tomber que, dans cette nouvelle maison, il se sentait prêt à « recommencer », ajoutant d'un air goguenard « … comme avec une nouvelle femme ». J'avais chaud, j'étais ébloui par un soleil biais. Je me suis contenté de regarder autour, la lumière ressemblait à celle qu'on voit derrière la *Joconde*, il pleuvait des gouttes d'or partout, et c'est le gicleur, avec ses effets de *cool jazz*, qui répondait à ma place « tch-tch, tch-tch, tch-tch, tch-tch ».

6

À Barbara, Bob aurait pu demander la lune…, elle n'attendait que ça. Il ne savait pas demander. Il voulait une complice, une spectatrice, il l'avait. Une femme aussi entière était capable d'un autre emploi ; il lui laissa amplement le temps d'y penser. Pendant qu'il actionnait les manettes de son carrousel imaginaire, s'arrêtant sur ses diapositives préférées, Barbara reprit des cours d'administration. Son frère animait une troupe de théâtre d'avant-garde, il lui confia différentes tâches. Bob ne le voyait pas d'un très bon œil, à en juger par les silences qu'il laissait peser sur ces activités, mais il aurait tout supporté plutôt que de s'en plaindre ; « plutôt crever que plier », comme il disait sur le court. Perdre, à la rigueur, mais ne jamais perdre la face.

Le soir du gicleur, nous étions restés. Vieux jeu, d'autres disent macho, il pouvait l'être à l'occasion, autant qu'il pouvait être candide et d'un sourire désarmant. Avec un verre ou deux, évidemment... On en était aux derniers sushis arrosés de saké, Barbara s'est mise à le questionner sur certaines fréquentations féminines, comme si elle voulait le provoquer. Bob restait de glace. Elle décida de nous prendre à témoin : « Vous voyez, les déclarations d'amour, ce n'est pas à Pierre qu'il faut en quémander. » Celui-ci a fait le tour de la table des yeux pour ensuite la regarder avec un sourire froid : « Mais chérie, après vingt ans, je suis toujours là, c'est ce qui compte, non ? » Je revois son rictus, le petit gobelet à la main, et le visage de Barbara gonflé comme un fruit mûr.

Après le souper, au bord de la piscine, il a repris son ton de vieil augure, le verre de scotch glacé contre la joue :

– La rencontre d'une femme, mon cher, ça ressemble à une drogue, une drogue de cheval. Puis l'animal s'habitue, il lui faut autre chose, le monogame veut une deuxième femme, le bigame l'amour absolu. Tu le sais, quand on sert avec la lumière dans le dos, on voit bien mieux la balle, chaque coup est super, l'autre ne le sait pas tant qu'on ne change pas de côté ; un couple, c'est pareil, ce que tu vois, comment tu le vois, ça change tout, mais l'autre ne le sait pas. On peut toujours passer au sex-shop mais bon, l'un a ses envies du soir, l'autre du matin, on s'enfonce en douceur dans le malentendu, ça dure des jours, des semaines, la mauvaise humeur s'en mêle... C'est vrai, il m'arrive de voir d'autres femmes, mais très rarement. Il suffirait d'un rien pour qu'on redevienne aussi jeune qu'avant, Barbara sait bien que je ne peux pas me passer d'elle et de nos habitudes.

— Est-ce qu'elle le sent, Bob, est-ce que tu changes de côté parfois ?

— Tout est attente, mais c'est pas facile de combler une attente. Disons que je n'ai pu faire ce qu'elle n'a pas exigé. Tu sais de quoi je veux parler, un projet, du nouveau, comme tout le monde quoi ! Il faut croire que nous ne sommes pas tout le monde.

Il était convaincu que sa femme ne le quitterait jamais. En vidant son verre, il a fait la grimace : « Tu ne trouves pas drôle, Mike, qu'on dise d'une femme enceinte qu'elle attend du nouveau ? »

La nuit était tombée sur le bassin, nous avions les pieds dans l'eau lumineuse. Le visage vert comme celui de Frankenstein, il a repris son ton absent : « Ne pas le faire pour elle, ne pas le faire sans elle. » Et il l'a répété, une main sur chaque genou, paumes en l'air, comme s'il soupesait le vide.

Devinait-il qu'un jour je parlerais de lui :

— Tu as compris ma position, Mike, j'en suis sûr. J'ai fait assez d'informatique pour savoir qu'on est passé du dix au cent, on va passer du cent au mille, au million, un million de fois plus vite, plus petit. Tu sais ce que ça veut dire : on est en train d'épuiser le « ce que c'est ». Oui, mon vieux, le secret des choses, c'est une affaire de cinquante ans, cent ans au plus, la technique va gagner la partie contre les sceptiques, on approche de la réponse totale. Le problème, en fait… Je ne sais pas s'il y aura un problème en fait. Ils seront peut-être heureux, ils vont peut-être effacer le mot «aspiration» du dictionnaire. Mais pour l'instant! Le goût de la beauté, ça entre en nous si jeune. C'est là depuis si longtemps que, même si ça fait mal certains jours…

Un soir, Jacques, je crois, lui avait lancé, après trois sets et deux bières, qu'une seule chose lui manquait, c'était justement des enfants:

– «Justement» mon œil, le manque de bien des couples si tu veux mon avis, c'est d'avoir eu des enfants, *justement*!

– Voyons, Bob, ce n'est pas toujours facile, mais s'il y a une chose qu'on ne peut regretter, c'est bien ça, avais-je ajouté.

– Peut-être, mais je n'ai pas besoin de pâtir trente ans pour être heureux «quand les enfants seront grands», comme ils disent. De toute façon, si tu penses que je regrette quelque chose…

– Une petite dose d'égoïsme là-dedans peut-être? a risqué Denis (ce que je n'aurais jamais fait, j'avais une espèce de pudeur avec Bob).

– *Are you serious?* Égoïstes, on l'est tous, ne me fais pas rire. Ceux qui n'ont pas d'enfants, c'est toujours par égoïsme. Et ceux qui en ont? Qu'on puisse s'oublier, ça, d'accord, mais ne me dis pas qu'on a un enfant «pour son bien» seulement? Ne me dis pas qu'on n'attend rien, on attend tous quelque chose! Les enfants, c'est comme les honneurs, les plans de carrière, qu'on en ait ou non, on va rester égoïste, tu le sais aussi bien que moi. Crois-moi, il n'y a qu'un être humain, il n'y a qu'un désir, ce qui n'entre pas par en avant passe par en arrière.

Le verre lui valsait dans le poing.

– Tu refuses qu'on s'oublie sincèrement pour ceux qu'on aime?

– Mais non, je viens de le dire ! « Sincèrement », d'accord. Mais « heureusement », c'est moins sûr. Les sentiments qu'on néglige, ça tiraille de partout. Combien de généreux comptent les coups ! À la fin, les pères de famille meurent du cancer, les célibataires, du cœur, rares sont ceux qui ont la soixantaine joyeuse, la cinquantaine même…

Un silence a suivi. Il avait le teint empourpré. Énervé de s'être énervé, il a essayé de se calmer en changeant de ton :

– L'amour filial, mieux vaut que ce soit l'amour total.

– Mais Bob, reprit Jacques, s'il fallait attendre l'amour parfait…

– Je n'ai pas reçu l'amour total, et il était encore meilleur que celui que je pourrais donner.

Les conversations du genre sont pénibles et ne vont nulle part. Tout son corps avait l'air de dire : merci de votre bonté, mais si vous pensez que je veux de votre bonheur… Lors d'une de ses séances contemplatives, il m'avait lancé :

– Tu sais qu'il y a des hommes qui ne regardent jamais le ciel…

– Voyons, Bob, avant quarante ans, peut-être…

– Non, non, je t'assure !

Il n'aimait rien tant assurer que l'inassurable. Plus le sujet était léger, plus il pouvait exploser.

– Qu'est-ce que tu veux dire au juste ?

– Qu'ils ne regardent jamais le ciel ! Ils pensent qu'ils vont y aller.

Ce n'est pas aux pères de famille qu'il en voulait, c'est à leur vie. Un homme qui savait jouer au tennis, qui savait regarder et *voir* l'absolu quelques mètres au-dessus des peupliers de sa cour, savait l'essentiel. À quoi bon laisser des traces ?

7

Le sergent M. était resté debout, moi aussi. J'avais oublié le soleil et mes feuilles mortes, je lui avais volé la parole, racontant sans trêve, comme s'il n'y avait rien d'autre à faire par ce beau samedi matin. Françoise venait de se lever pour revenir avec du café: «Allez, venez vous asseoir cinq minutes dans le salon.» Le sergent a pris le fauteuil, moi le divan à côté de ma femme et j'ai enchaîné sur le bout des fesses.

Bob avait interrompu ses études à vingt-deux ans et voyagé pendant des mois, en Europe, aux États-Unis. Il en était «revenu» comme on dit, la question de l'exotisme était réglée. Le goût d'explorer – un bord de mer ou une auberge – avait subsisté un certain temps. Puis celui de s'installer et de ruminer avait pris toute la place. La dernière année, alors qu'on se voyait de moins en moins, je l'ai croisé au centre-ville, début mai je pense, tout le monde parlait du printemps. Le serveur tirait ses chaises au soleil, Bob a tourné son troisième verre de bière vers le ciel comme s'il interrogeait quelque dieu aztèque:

– Tu vois, hier, on était à peu près à Washington, il y a deux mois, c'était Moscou. Aujourd'hui, nous sommes en Virginie, demain à Atlanta peut-être ou Charleston, dans un mois ce sera Jacksonville, puis Fort Lauderdale, Miami. Avec un peu de chance, cet été, si tu observes comme il faut, on va se rendre quelques jours à Mexico, Bogotá, Buenos Aires, *name it*! Puis, on va remonter tranquillement, Paris fin août, Londres en septembre, ensuite Dublin, Stockholm… La moitié d'un tour du monde, mon cher, l'autre moitié, l'année prochaine! Qu'est-ce que tu veux de plus? On est encore mieux que les Suisses, ils doivent monter jusqu'en haut de la montagne pour avoir les quatre saisons, nous, il suffit d'attendre que la boule bascule d'elle-même. Bouge, bouge pas, on est condamné au voyage! On est tous voués à quelque chose, mon vieux, mais je préfère mon *vouage* à moi. Bon, d'accord. Tout ça pour te dire que j'aime bien Arnold mais je ne comprends pas ses pulsions de globe-trotter, c'est idiot; Pascal, je ne comprends pas son obsession de l'élégance, ça contamine ses idées; et Bernard a beau être le plus sérieux du groupe, sa nostalgie de la vérité me stupéfie, surtout à son âge!

Devais-je envier son imagination ou comprendre qu'il ne voyagerait plus? Il avait de plus en plus le ton de quelqu'un qui garde une carte dans son jeu, l'air de dire que lui seul était capable de faire un «*statement*», un de ses mots préférés. Jusqu'à trente-cinq ans, la vie lui avait été un jeu, la jonglerie d'un rêveur, une balade dominicale qu'on recommence en songeant qu'un jour... Avec la Chance, main dans la main, il avait traversé le mirage. Depuis, il y avait sa grosse voiture au milieu de l'allée calme et propre, ce coin de jardin zen avec son gravier blanc ratissé, cet arôme de steak derrière la haie, ce grand haricot turquoise miroitant, et Bob allait de l'un à l'autre en piétinant comme un enfant dans son petit parc, sous les yeux d'une mère complaisante.

Barbara avait étudié la muséologie, lui, l'histoire de l'art, avant de s'intéresser aux banques de données; on trouvait des albums superbes sur toutes leurs tables à café, c'était un connaisseur de peinture contemporaine. Il a même commis quelques articles, ce qui ne me surprenait pas. Au tennis, un beau point attend d'être raconté, et Bob n'avait pas son pareil pour décrire le coup du jour en jubilant «agressivement». Il refusait d'en convenir.

– Je t'assure, lui avais-je dit, tu devrais te mettre à écrire, ça te ferait du bien. Tu es un peu verrouillé de l'intérieur, non?

– Tu rigoles. Verrouillé de l'intérieur par contre, j'aime bien l'idée. Écrire! Si mes textes valaient un beau match de tennis, peut-être. Sans blague, entre toi et moi, l'écrivain ne te fait pas rire? Dès qu'il ouvre la bouche, et il l'ouvre souvent, c'est pour placer sa phrase. Quand il ne parle pas, c'est son petit carnet qu'il ouvre, il ne regarde pas le bouquet de tulipes, il le prend en note. Plus jeune, je trouvais ça drôle, mais quand même. Regarde cet oiseau-là, Mike. Regarde! Regarde le gazon, ni jaune ni vert, regarde le printemps qui a l'air d'hésiter, ou prends mon Coleman que je viens d'ouvrir, son odeur qui suit le vent, et les bruits de la cuisine, la piscine qui se remplit, et tout le reste, l'air cru quand on est à l'ombre, la petite chaleur dès qu'on passe au soleil…, c'est indescriptible. Quand tu es submergé, Mike Gauthier, parce que ça fait trop mal ou que c'est trop beau, qu'est-ce que tu fais? Tu fais «Ahh!» comme si tu mourais, ou tu cries. C'est tout, c'est assez. Tu ne t'«exprimes» pas. La vie, mon vieux, est inexprimable. Exprès pour qu'on dise: déguste et ferme-la!

Il aimait faire son numéro. L'odeur du barbecue! Ses steaks, il faut dire, étaient extra. Je suis revenu à la charge. Une fois de trop:

– Tu me fatigues, je t'assure, avec tes incitations. Je n'y crois pas et je vais te dire pourquoi. Imagine: tu es juré pour un concours littéraire, tu lis une histoire extrêmement émouvante, consacrée à la beauté d'une femme. Le poète a beaucoup de talent, tu es convaincu. Maintenant, tu lis un texte consacré à la beauté d'une autre femme, avec des mérites comparables. Encore ému, tu te dis: quelle belle histoire! Mais voici que te sont révélés certains faits, disons, biographiques. La première histoire a été inspirée par une fille tout à fait quelconque pour ne pas dire moche et vulgaire; le poète, de la tête aux pieds, a inventé la créature qui t'a troublé. Dans l'autre cas, l'auteur n'a fait que décrire une femme existante, qu'il connaît. À qui donner le prix? Ne le dis pas, je le sais d'avance. Maintenant, je t'apprends que ces deux poètes vivent juste à côté, dans ta rue. Un homme et sa femme désagréable, un autre et sa beauté irréprochable. Laquelle de ces deux vies voudrais-tu? Fais attention, il y a des réponses qui jugent leur homme, mon Mike! Voilà ce que je pense de la littérature. C'est le réel que je veux! Joe DiMaggio n'avait pas besoin de sortir son crayon, il avait Marilyn dans ses bras, *do you see what I mean*?

Et je ne parle pas des discussions lors de mon petit tournoi annuel. La coupe n'était pas remise que Pascal et lui s'attrapaient et ça continuait à table. Bob discutait souvent comme s'il défendait sa vie. Il prétendait que le cinéma ne montrait jamais l'essentiel, que c'était ça la vraie censure! Les cinéastes souriaient sans répondre. Pascal répliquait: «Mais voyons, faut montrer des ordures qui se font avoir, faut montrer les drames, sinon…» Bernard, qui aime autant la poésie que l'histoire, jouait à l'arbitre. Cette année encore, la question est revenue, mais Bob n'était pas là, ce n'était pas pareil. Oui, il défendait peut-être sa vie.

Dans cet écoulement des choses, le tennis avait résisté, tant bien que mal. Fini le temps où il arpentait les courts le feu dans les yeux. Depuis que Barbara était inscrite au «*Mount Royal Lawn Tennis and Cricket Club*», il était passé instructeur. Son panier bien rempli, le pas cadencé, faisant mine d'ignorer les tribunes, il s'installait sur la ligne de fond et envoyait les balles, encourageait comme un père, jouant l'ancien compétiteur recyclé en coach de prestige qui couve son élève d'un œil jaloux. Le spectacle d'un Bob appelant les coups, criant les conseils de base, faisant répéter le geste, complimentant ou élevant le ton, grondant au besoin, bref, étalant une science qui ne pouvait faire illusion qu'aux yeux de Barbara, qu'il appelait d'une voix forte «Barbwre» sur les courts, alors qu'elle était née Campeau, ce spectacle avait un parfum, comment dire, de retraite prématurée. Il fallait insister pour échanger des balles ou organiser un petit double. Jouer pour dominer, son ancienne devise, trouvait là son «ultime métamorphose» selon Denis, son «dernier bluff» selon Jacques: devenir maître de tennis aux yeux de sa femme comme il ne l'avait jamais été aux yeux des autres. Il sortait tout rosi de ces démonstrations, comme jadis après avoir remporté le set.

— Tu sais où nous en sommes rendus, je veux dire en général? me lança-t-il, le dernier été.

— Euh…

— Je veux dire, la culture, l'époque, pas rien qu'ici, partout.

— Non, je ne vois pas, Bob…

— Souviens-toi des lectures qu'on faisait sous la table, Malraux et Sartre, les valeurs et les grandes certitudes, l'engagement. Du pesant, du sérieux, monsieur.

— Ouais…

— Puis, on a parlé de «structures». Nous, en histoire de l'art, on avait Panofsky, d'autres invitaient Foucault, tout le monde y allait; on a dû se croiser. Et aujourd'hui? L'Afrique, le Citoyen, la Planète. En face, les anciennes structures répondent: mon Jardin, tes Voyages, sa Réussite. Les utopies meurent toutes en banlieue ou à la campagne. C'est beau, se préparer, mais un jour il faut que ta petite structure jouisse. L'échec de Lénine, c'est ça. Regarde les œuvres d'un artiste au début de sa carrière et à la fin, tu vas tout comprendre. Mon utopie, tu la connais: demandez le possible! Ce qui m'intéresse, même si ça te fait sourire: l'essentiel, la classe. Un marbre, un vase, une pelouse, un saule dans la brume du matin. *Purity, a little bit each day, yes sir.* C'est un luxe, je le sais, justement je le sais. *Life is a beach.*

8

Les Wilson avaient comme convention tacite de respecter chacun le domaine de l'autre. Passant outre sa fierté,

Barbara suggéra qu'ils devraient sortir un peu, voyager. Bob ne s'inquiétait pas. Sans accepter non plus.

– Les femmes me fascinent. Pourquoi posent-elles leurs questions quand on se rase, pourquoi veulent-elles voir des paysages à deux, dormir à deux ? Probablement pour la même raison qu'elles sont bien plus collantes au coin de la rue que dans un lit…

Pouvait-elle souhaiter compagnon plus tranquille ? Qu'elle puisse souhaiter le contraire ne semblait pas l'effleurer. Selon Françoise, quand Barbara voyait des amies, après un verre ou deux il y avait dans sa voix, dans son beau visage un peu japonais, quelque chose de nouveau, quelque chose de cassant et d'énervé. Elle sortait de plus en plus, et même toute seule si ça se trouvait. Il garderait la maison : « Sors, chérie, ne t'occupe pas de moi ! »

Un soir, il a trouvé comme d'habitude le souper fin prêt et des fleurs sur la table avec un petit carton mauve calligraphié à l'encre de Chine : « La vie est belle en mai. » Presque identique à celui qui l'attendait sur la même table, dans une autre maison, sept ans plus tôt, le lendemain du fameux sweepstake. Sur le coup, il s'est demandé si Barbara sortait d'une de ces conversations entre femmes où « chacune se compare pour s'apercevoir finalement qu'elle n'est pas si malheureuse que ça ». Au dessert, elle a fixé le coulis aux cerises noires qu'elle remuait du bout de la fourchette avec un sourire crispé : « Pierre, je vais partir. Je pars en voyage. » La voix altérée mais l'air résolu.

– Très bien, et quand ?

– Cet été (elle a levé ses beaux yeux graves), la semaine prochaine. Mardi, en fait.

– Ah bon. Pour combien de temps ?

– Deux mois, trois peut-être.

Elle respirait avec peine, il la regardait, bientôt gêné par sa gêne à elle. Ce qu'elle a dû prendre pour un air contrarié.

– Je sais que c'est surprenant, mais c'est comme ça, tu vois…

– Non, non, voyons chérie, c'est une bonne idée. Depuis le temps que tu en parles.

À l'en croire, Bob accueillit la nouvelle sans plus broncher : « Elle a besoin de prendre l'air », dit-il pour résumer la soirée. Il était rassuré d'apprendre que sa femme partait avec une amie. Et puis, cette initiative qu'il n'aurait jamais prise, pourquoi pas ? – une occasion de vacances pour lui aussi, la possibilité de toutes sortes de choses vagues. À peine s'il s'est demandé pourquoi, pourquoi ce silence, cette gêne, cette émotion à fleur de peau. Et ces nouvelles valises grand format. Sans poser la question pour autant. La semaine suivante, les deux maris, qui se connaissaient très peu, conduisaient à Mirabel les deux amies. Bob avait insisté, les adieux seraient courts. Dans cette crispation détestable des départs, il embrassa Barbara sur la joue, sans la serrer contre lui, même s'il y pensait. Sur le tapis roulant qui le ramenait au parking souterrain, il ne se sentait pas vraiment triste. Mais au dernier moment, il a tourné la tête. Pour apercevoir Barbara au loin sur la pointe des pieds comme une danseuse, son corps élancé qui faisait signe, un signe si ancien, si nouveau, puis son épaule, son bras, puis une seule main minuscule et têtue qui s'agitait encore. Alors, il a senti un pincement au cœur. Qui, sitôt en voiture, est devenu un « serrement », c'était son mot.

Dès le lendemain, des impressions nouvelles montaient à l'assaut de son quant-à-soi. Ce serrement ne voulait pas le quitter. Cette main, cet avant-bras, ce sourire, ce corps déjà lui échappaient. Comme Barbara devenait belle au loin ! Le premier soir, il pleuvait, il a attendu que la cour s'assèche ; rien à faire, il s'est résigné à manger devant la télé. De temps à autre, il levait la tête et regardait les meubles, les murs, en fixant tel ou tel tableau.

Il m'a téléphoné. Je peinais sur une négociation difficile et j'ai dû refuser son invitation. Telle une momie exhumée, il se rendait compte que le monde continuait à tourner. Je le souhaitais plus ou moins consciemment, je ne le cache pas. La seconde fois, le voici qui débarque sans s'être annoncé, ce qui allait contre ses manières. Il était là, dans le vestibule, en habit de jogging, l'air oppressé. La douleur semblait le faire engraisser, lui pourtant que le repas des condamnés rendait baba : « Diable ! Comment peuvent-ils manger ? » Je l'invite à entrer : « Salut Mike ! dit-il en se tapotant les bourrelets, je viens de courir jusqu'ici pour me remettre en forme ! Tu n'aurais pas un petit Glenmorangie par hasard, sur glace ? »

Non, je n'avais ni Glenmorangie, ni Lagavulin, ni Loch Lomond. J'ai couru chercher de la bière à l'épicerie, le temps d'apercevoir sa grosse Peugeot rutilante au coin de la rue.

Il n'avait pas pris de vacances. Un des rituels qui le maintenait était son bain de minuit. Tout nu, avec ses yeux énormes en plastique bleu, blême comme un ventre de cachalot, il faisait ses « longueurs ». De temps à autre, il s'amusait à piquer au fond de la bulle turquoise, attiré par le spot ; à l'entendre, il se sentait renaître. En sortant, il était rassuré, son scotch l'attendait, qu'il s'était versé d'avance.

Une fin de semaine sur deux, après avoir lavé sa voiture, il prenait la direction d'une auberge quelconque, pourvu qu'elle soit éloignée. C'était la première fois à ma connaissance qu'il délaissait Clareview. Il m'a confié que ça le changeait, qu'il apportait des livres, Jean-Jacques Rousseau et un moraliste grec où il avait trouvé sa maxime préférée : *Ce que tu possèdes, souviens-toi, tu l'as désiré*. Le goût de la résidence et celui des promenades solitaires. Cela dit, que Bob revienne à ses lectures de collège…

Au cœur de juillet, en quittant le court, chose de plus en plus rare, on croise le fils de l'amie de sa femme. Sur un ton bonhomme, il lui demande « s'ils ont reçu des nouvelles ». La réponse a fusé, d'une terrible candeur :

– Il y a deux jours. Elles ont marché sur le pont d'Avignon !

– Ah…

Ce « ah… » sortait d'une véritable caverne. Je parle du cœur de juillet, c'est Bob qui était frappé au cœur. Il y avait cinq semaines d'écoulées. Son ennui était piqué tantôt d'anxiété, tantôt d'agressivité. Une angoisse panique le saisissait entre les côtes, il se mettait à courir en pleine foule puis, à bout de souffle, il s'engouffrait dans un bar. Il lui arrivait de sortir en célibataire, non sans trouver les femmes belles, mais découragé d'avance par toute idée d'action. Il rentrait dans sa banlieue très tard, en tournant au hasard, à gauche, à droite, toit ouvert, fenêtres baissées comme au bord de la mer, fixant la lune, songeant que Barbara dormait sous cette même lune, loin de la Californie.

Alors, parce qu'il était si tard justement, comme s'il bouclait une étrange boucle, lui revenaient les matins d'été de ses dix-sept ans.

– … tu sais, Mike, la manufacture à sept heures et demie quand tu descends de l'autobus pour aller *puncher*. L'espèce d'angoisse rien qu'à sentir les machines. Quand il pleut, c'est dégueulasse, et c'est pire quand il fait beau. L'impression d'être le seul à t'emmerder autant parmi les autres.

Ç'aurait pu le réconforter. Un autre, peut-être. Je n'osais lui citer son fameux tandem *attente et relation*, lui suggérer qu'il pourrait tenter quelque chose, joindre Barbara outre-mer, n'importe quoi. J'aurais déclenché le tonnerre, ou son souverain mutisme. Un bluffeur, que ce soit le jeu, la vie ou le tennis, ne revient pas en arrière.

Non. Les après-midi et les soirées sans fin se confondaient. Les trivialités comme faire son lavage, ses courses, s'occuper de soi-même, le tuaient, j'en suis certain. Début septembre, un matin qu'il traînait au lit avec l'image de Barbara, le téléphone a sonné. La compagne de voyage de sa femme était rentrée la veille à cause d'une appendicite. Sous observation à l'hôpital, elle prenait la peine de le prévenir que sa femme continuait son voyage. Sa voix était nerveuse et sans appel, comme si Barbara lui dictait son texte. L'amie dit à Bob de ne pas s'inquiéter, sa femme avait simplement «besoin de se retrouver et ferait signe le moment venu». Il émergea de ce monologue comme d'une longueur sous l'eau dans son haricot chloré, la bouche ouverte et les yeux injectés de sang.

9

C'est bel et bien Barbara qui dictait les répliques au téléphone.

Françoise a reçu deux longues lettres. Elle était rentrée précisément à cause d'une rencontre de voyage. À distance de ces deux hommes, elle pourrait choisir. Est-ce que le deuxième était davantage un homme, ou moins un rêveur que le premier? Elle ne savait même pas s'il restait des hommes, s'il y en avait jamais eu: «Ceux qui ont l'air vrais, on les regarde avec ses yeux de petite fille. Les hommes, je dois t'avouer, m'ont beaucoup déçue.» Chez cette amie de Sherbrooke, elle a passé quinze jours avant de se louer un chalet dans la région. Après quinze ans, pourquoi pas quinze autres semaines.

Ma femme a regardé le sergent avec un sourire gêné: «Ce n'est pas si long pour se refaire un rêve.»

La volonté de Barbara se fortifiait chaque fois qu'elle sortait dans les bois autour d'Orford. Elle entrait dans le massif par le versant est, où plus souvent elle poussait vers l'ouest en direction d'Eastman, là où la route longe un lac et offre une vue splendide sur la montagne. Sa balade préférée suivait les sentiers d'un domaine en développement de l'autre côté. Des chalets anciens s'entassaient au bord de l'eau, les nouveaux, plus cossus, s'étaient réservé une plage et s'étageaient vers l'arrière. Devant les premiers, elle fantasmait : les rires, les barbecues, les gens qui avaient fait l'amour, les enfants qui avaient couru sur le quai pour se jeter à l'eau en criant. Devant les plus récents, avec leurs têtes de clous qui brillaient au soleil, elle imaginait les mêmes scènes, seuls les maillots changeaient, les planches à voile remplaçaient les canots, le passé et l'avenir se précipitaient dans le même lac.

Il lui arrivait de songer qu'elle en avait assez de ces automnes trop rouges, de ces ciels trop bleus, quoi qu'on dise un peu tristes. Trop beaux pour n'être pas fugaces. « Peut-être te sens-tu mûre pour d'autres paysages, peut-être te sens-tu de plus en plus européenne », pensait-elle, en essayant que ça ne paraisse pas trop dans sa correspondance. Barbara n'avait pris qu'une résolution, ne rien annoncer avant de pouvoir le dire de vive voix. Ses lettres étaient dirigées d'un seul côté, celui d'un avenir fragile, seulement possible. Du côté de la Californie, elle n'avait pas le calme qu'il faut pour écrire.

Elle avait beau s'appliquer à son souper, la tension revenait devant la télé. « Des désirs morts depuis longtemps, ça fait peur, lui avait dit une amie, c'est normal. » Et elle, était-elle sans reproches ? Elle ne voulait pas le savoir, elle n'avait pas envie d'avouer quoi que ce soit. De cette campagne plus orangée chaque jour, plus bruissante, sa lettre disait : « Les scies mécaniques se lamentent et les coups de marteaux leur disent de se taire, vous voyez mon état d'esprit ! » J'aurais bien aimé lire le journal qu'elle avait commencé, mais quand je l'ai croisée par hasard l'an passé, elle l'avait détruit. Ça revenait, paraît-il, toujours au même : « Plus j'essaie de réfléchir, moins j'avance, la vie va décider. »

Dans sa seconde lettre, elle racontait sa dernière promenade. Une vieille dame était venue à sa rencontre sur le sentier :

— Bonjour ! fit-elle en regardant autour comme si elle saluait les branches, il fait beau, hein ? Vous n'êtes pas du coin, si je puis me permettre.

— Non, pas du coin, répondit Barbara, en pensant « et de nulle part, j'ai bien peur. »

Elles ont parlé en marchant côte à côte, des couleurs de la saison, de l'été indien, dont on ne sait jamais s'il est passé ou non, des chemins du domaine qui tournent et montent tout le temps, des types de chalets ici et là. Devant l'un d'eux, la vieille dame s'est arrêtée pour l'inviter à prendre le thé. Elle s'engageait déjà dans l'allée, son pas faisait craquer les feuilles, Barbara l'a suivie.

Cette dame âgée dans ce chalet neuf, un conte de fées à l'envers. Le décor, les parfums, l'atmosphère, tout était fleuri. Était-ce l'occasion sans lendemain ou le sourire de cette dame, elles ont continué à bavarder comme de vieilles amies. Francine, de son mari décédé, et ce deuil qui commençait, et son cœur fatigué. Et surtout de sa fille : est-ce qu'elle viendrait s'installer avec elle ? Sinon, elle devrait mettre en vente. Barbara l'écoutait, imaginant ce que c'est d'avoir une maison remplie de souvenirs mais vide, ce que c'est d'avoir une décision à prendre. Tout en parlant, la vieille dame faisait le tour de sa tasse du bout des doigts. Comme si elle aussi avait lu dans les pensées de Barbara, elle laissa tomber : « Il faut faire attention, vous savez, les choses qui comptent sont devant nous plutôt que derrière. » Barbara sourit. Puis, elle se surprit à parler, déballant ses secrets, ses hésitations face au futur, sa froideur quant au passé. Avec une espèce de soulagement :

— Je me fais l'effet d'une bombe à retardement. Est-ce que je dois partir, oui ou non?

— Partez si vous voulez, mais retournez à Montréal d'abord. Au moins une fois, dit Francine, d'une voix aussi douce qu'assurée.

— J'ai peur que ce soit au-dessus de mes forces, chère madame.

— Vous en avez de reste, des forces, croyez-moi.

Durant la conversation, Barbara s'échappait par la fenêtre où tout lui semblait lointain, étranger. Elle plongea un biscuit sec dans sa tasse de tilleul. En le retirant, il se rompit, faisant un petit dégât. « Oh, désolée! » dit-elle, et ce fut comme une plainte. Brusquement, elle était debout. S'appuyant des deux mains sur la table, Francine se leva trop vite et fit vaciller à son tour le service de porcelaine. Elle semblait soudain avoir son âge; les pieds lourds, elle suivit Barbara jusqu'au vestibule. Barbara qui se sentait comme une outre vide, avec au fond d'elle-même une seule certitude : son amie ne sortirait plus aujourd'hui et elle ne la reverrait jamais. Devant la porte, elle se retourna, lui prit la main, elle avait envie de pleurer; en croisant les yeux dorés et pétillants de la vieille dame, elle se ressaisit, sourit à son tour, l'embrassa et lui dit « bonne chance », puis se retrouva dehors, étonnée. Ses pas réveillaient le gravier dans l'ombre, le soleil au-dessus des allées brûlait la tête des arbres mais la terre était froide.

10

Bob, lui, se faisait rare pour ne pas dire introuvable. À l'écouter, il devenait de plus en plus lui-même, sauf que personne ne le reconnaissait. Un incident saugrenu peut en témoigner. Dix ans plus tôt, le groupe avait décidé de fêter la fin de la saison dans un bar de danseuses, libations et farces plates comprises. À un moment, tout le monde criait, les filles sur l'estrade lui avaient lancé quelque chose, un slip je pense, Bob s'était levé et avait fouillé dans le sien pour leur prouver qu'ils étaient des joueurs de «pennis». Un copain aussi éméché que lui l'avait traité d'exhibitionniste en espérant qu'il se relève: «Tu aurais dû te tourner de bord!» Ce n'était qu'une grossièreté de plus mais Bob l'avait mal pris. J'avais oublié tout ça, lorsqu'un soir de septembre chez Delmo, il m'a déclaré en riant de son rire coincé qu'il était retourné au bar afin de rectifier son image auprès des filles. Il s'en tapait les cuisses. Ensuite, il a pris une pince de homard et se l'est collée au-dessus de l'œil, pour faire la paire avec l'ecchymose qui lui décorait l'autre sourcil.

Les soleils d'été étaient chose du passé, les baignades aussi. Je l'ai revu une ou deux fois. La ceinture toujours plus épaisse, il avait le souffle d'autant plus court que ses journées étaient plus longues. On l'avait trouvé un samedi étendu à côté de sa voiture. Il polissait le coffre arrière, pâmé par cette couleur vert bouteille, frottant, frottant, à bout de souffle, oppressé jusqu'au fond de l'estomac, les bras noués; au lieu d'arrêter, il avait continué à frotter comme un fou, jusqu'à ce que son image s'évanouisse dans le miroir.

La santé de son père, le seul homme qu'il aimait réellement à ma connaissance, périclitait. On décela un cancer de la prostate avancé. Sous un ciel de neige dès novembre, Bob quittait Clareview pour son bureau, puis son bureau pour l'hôpital, un casse-croûte sous le bras. Épuisé, agacé par l'idée qu'un voisin lui pose des questions, ulcéré de n'avoir aucune nouvelle de Barbara, il a téléphoné dans une agence pour avoir une gouvernante, laissant comprendre qu'il la voulait jeune et présentable. Sitôt arrivée, il lui interdit l'uniforme; qu'elle porte ce qu'elle veut et qu'on n'en parle plus. Il accompagna son père bougonneur jusqu'à la veille du jour de l'An, tout en répétant à qui voulait l'entendre que sa femme « se portait comme un charme » et devrait rentrer bientôt.

11

Mais Barbara nous a décrit sa dernière visite. Elle s'était résolue à lui téléphoner finalement, il fallait qu'elle récupère des choses de toute façon. Elle l'a rejoint fin novembre lors d'une de ces semaines affreuses dont je parlais. S'entendre sur le jour et l'heure de la visite n'avait pas été facile ; l'un a ses envies du soir, l'autre du matin…

Elle est descendue de voiture quelques maisons avant Clareview vers cinq heures trente, des sapins de Noël luisaient sur un tapis de neige fraîche. Elle comptait ses pas en serrant son sac, il contenait un billet d'avion pour la Suisse qu'elle venait de régler à l'agence du rond-point. Elle n'avait encore rien confirmé à personne ; personne pour l'attendre, personne pour la retenir. Pourquoi donc marcher vers cette maison, mettre ce pied devant l'autre, tout ce qu'elle peut dire, il le sait, elle le sait aussi. Le rendez-vous était à six heures, Barbara s'est dit qu'elle pouvait prendre les devants, tenter sa chance. Oui, justement, peut-être qu'avec un peu de chance, comme disait Pierre… Les marches du talus et la porte semblent venir à sa rencontre. Surtout, que cette porte ne s'ouvre pas tout de suite ! Non. Y a-t-il seulement quelqu'un, est-ce encore habité ? Il y a de la lumière au sous-sol. Elle sonne, puis se retourne, cherche quelque chose à regarder, il fait plus noir soudain, la neige est bleue sous les sapins, c'est froid mais c'est beau. Un frisson la saisit, la porte vient de s'ouvrir, elle se retourne. Une jeune femme élancée, en jean et tee-shirt rose, se tient là, la hanche contre le cadre, les cheveux défaits, joliment défaits :
– *Yes ?*

– Est-ce que… Est-ce que Pierre-Robert Wilson est là ?

– Non, ce soir seulement, répond la jeune femme avec un accent anglais prononcé.

– Ahh…

Barbara, bêtement, n'avait pas prévu ça.

– Vous… laissez un message ?

– Non, c'est sans importance, fit Barbara avant d'inspirer profondément. Dites à monsieur Wilson qu'une amie est venue le voir en passant. Je le rappellerai, merci.

Elle s'est remise en marche, les yeux rivés sur le trottoir : les heures du jour, les quatre saisons, les dix dernières années, ça tournait, un vrai kaléidoscope. Et ces maisons des voisins, qui n'avaient jamais été vraiment voisines. Le surlendemain, elle est partie « pour toujours », comme elle écrivait, tout en se disant qu'elle appellerait Pierre de Lausanne une fois installée. En attendant, elle ne trouvait pas le courage de le faire. Après deux ans, elle est revenue comme une étrangère pour ouvrir une boutique de mode rue Saint-Denis. Elle ne voulait plus parler du passé.

12

Le sergent s'était levé depuis quelques instants et se tenait près de la porte à nouveau, l'œil mobile. Le devoir sans doute, ou l'impatience ; c'est lui qui avait commencé, c'était à lui de conclure. Sous le poids des détails dont je l'avais chargé, il semblait hésiter. Et moi, qu'est-ce que je faisais d'autre depuis une heure ? Et cette nécessité de le transcrire maintenant, est-ce seulement pour l'histoire du groupe que je veux écrire un jour ? Le nom de Bob Wilson, j'imagine, sonnerait différemment dans un autre vestibule que celui de Françoise et Michel Gauthier. Peut-être. Il était né pour surprendre, comme le temps, comme le vent, tous ceux qui l'ont connu le savent,

Barbara la première. Mais ce que le sergent, la main sur la poignée, allait nous confier, le savait-elle seulement ? Encore maintenant, ni Pascal ni Bernard n'en savent rien, j'en suis sûr, Denis et Arnold non plus.

Le 13 mars, le service des ordures de Ville Mont-Royal a fait demander la police aux abords d'un des terrains vagues qui longent l'autoroute métropolitaine. À six heures trente du matin, un matin glacial, les vidangeurs n'hésitent pas d'habitude. Mais le grand sac de nylon orange, un modèle commercial, était marqué au feutre noir d'une écriture pressée : ATTENTION EXPLOSIFS. Un spécialiste l'a ouvert avec toutes les précautions, ce qui était compliqué, il y avait deux sacs l'un dans l'autre noués de l'intérieur. On a trouvé le corps de Bob en position fœtale, un trou noir de suie dans la tempe droite, le revolver sur l'épaule, le coude encore levé. D'après le policier, « fallait avoir pratiqué avant de réussir ça ». Un joueur aime pratiquer. Dans la poche de son *car coat*, un mot adressé au chef du poste, le vieux compagnon de club devenu adjoint au maire : « Ronnie, je voudrais qu'on m'oublie pendant un certain temps, voici un chèque, *peux-tu m'arranger ça s'il te plaît ?* » Ces derniers mots étaient soulignés deux fois. Et un peu plus bas : « *It's going, it's going, it's gone !* »

Depuis trente mois, rien n'avait transpiré. Selon l'agent d'immeubles du rond-point, Bob aurait liquidé Clareview début février et pris la précaution de faire entreposer ses affaires. On a trouvé la clef d'un grand hôtel dans sa voiture et quelques comptes à payer. Le seul détail à lui avoir échappé, au fond d'un sac de voyage, c'est une de ces fiches d'identité de la British Airways qu'on attache à ses valises. Je l'imagine très bien prenant l'avion hors saison pour le seul plaisir d'aller contempler les pelouses de Wimbledon.

Au retour, il avait confié à cet agent qu'il se cherchait une autre maison.

Il est assez plaisant qu'un homme tente
de découvrir avec sa tête ce qui
est caché dans tout son corps.

DIDEROT

Arnold
ou l'ennui de

1

Arnold lève les yeux et sourit en déposant le livre sur l'étagère : «*Autochtone*, y précise-t-on, *qui est de cette terre même comme s'il en sortait.*» Il jette un coup d'œil à sa montre, déjà 14 h 30 et dans cette librairie on se marche dessus. A-t-il vraiment besoin d'un guide de voyage, d'autant qu'un bibliothécaire comme lui peut trouver mieux ; aussi bien profiter du beau temps pour continuer ce bain de foule dehors. La rue Saint-Denis côté soleil le happe aussitôt avec ses boutiques, ses terrasses et ces milliers de corps qui défilent. «Parisien tout ça, parisien comme ambiance», se dit Arnold, qui louvoie tant bien que mal, deux pas en avant, un pas de côté, qu'importe, il aime cette agitation douce, assise ou debout, les airs apprêtés ou empruntés, les bavardages sans suite, les petits secrets à deux, les envies d'entrer ici et de sortir là, d'aller ailleurs, encore et encore. Et puis la peau humaine dans ses couleurs de fin d'été, toutes ces petites plages où l'on va poser ses lèvres, sans le dire à personne. Devant une vitrine il s'arrête, croyant voir quelque chose qu'il cherchait, ou il traverse la rue en courant pour en examiner une autre, non, ce n'est pas ça, les vitrines de loin, ce n'est jamais ce qu'on pense. Alors il s'élance pour retraverser, pressé de faire le caméléon. Subitement, en plein milieu de l'avenue, il fait deux pas en arrière, ramasse un caillou qui traîne, et dégage aussitôt, car ça file! Sur le trottoir au contraire, on n'avance plus, comme si l'idéal était d'être arrêté. Certains le sont carrément, ils prennent toute la place, on fait semblant de passer, on veut rester, un petit peu plus. «Rester» comme dans «reposer», se dit Arnold, les Anglais ont bien raison. Cette fadaise le fait sourire à nouveau, l'air est tellement bon, il se contenterait d'un banc, n'importe lequel. Tiens! un jeune couple se lève, le journal en prime sur la table, décidément c'est sa journée. La serveuse arrive, souriante, il la reconnaît vaguement, lui sourit à son tour et commande un allongé déca, «avec du lait chaud à part s'il vous plaît» et, pourquoi pas, un muffin. Il ouvre son sac, y dépose le caillou et se renverse tranquillement sur les pattes arrière de sa chaise. Combien de jolis visages du Plateau Mont-Royal pourrait-il se rappeler ainsi, même au bout du monde? Il n'aurait jamais le cucul de proclamer qu'il «aime Montréal!» comme ceux qui s'en vont, s'en viennent et entre-temps passent à la radio. Non, il n'a jamais eu cette distance. Montréal, il en est, cette mer, ces vagues, ces naïades urbaines sont sa grande famille, un point c'est tout.

Il pense à Gisèle; même pas, il entrevoit son image. Gisèle pourrait être là, c'est vrai. Ce serait gentil, mais serait-il aussi léger? Ah! l'air tiède et ce soleil moussu, on se croirait à Venise sur la lagune, un pétillement de lumière qui n'est à personne et que chaque visage réclame. Et cette fille, assise devant, qu'un rayon de soleil caresse intimement au bord du string, entre cul et chemise. Si seulement il était le soleil. Ne l'est-il pas un peu, avec tout ça qui tourne autour comme une immense roue. Il aime regarder, il aime se dire qu'il regarde, et regarder, n'est-ce pas se croire au centre? Les pensées qui lui viennent disent n'importe quoi et cachent toutes la même chose, que cette vie est bonne, bonne à ça, à regarder et être regardé. Il y a bien d'autres roues que la sienne, soit, qu'est-ce que ça peut faire si elles tournent dans le même sens.

À cet instant précis, coup de poing au plexus, tout noircit! La pensée qu'il oubliait dans cette foule est révélée par cette foule: cela bientôt ne sera plus. En un battement de cils, l'abominable revient: *tu pars vendredi!* Il paie, se lève et marche, mais rien ne va plus. Des visages le distraient ici et là, tant bien que mal. Les différences de type, de sexe, les différences d'âge, il a toujours été sensible aux différences. Il a toujours été un peu décalé. Les goûts, les sentiments, toute la vie est décalage, tout est avant ou après coup, rien n'est sur le coup, sur le coup on est surpris, c'est l'accident, c'est désagréable. Une fois rentré, il vide son sac et abandonne le caillou sur une table. *Merde, plus que six jours!*

Oui, Arnold a quelque chose des Anciens, pour lui le cosmos a un centre. Mais ce centre n'est pas situé dans les tréfonds de la Grande Pyramide ou du temple d'Apollon à Delphes. Il est ici, dans le quartier qu'il traverse pour se rendre au travail, sur le banc du parc où il aime lire et tuer le temps, au cœur des promenades dont il ne peut se passer, à cette fenêtre dont il aime le point de vue. Certaines personnes ont un corps léger qu'elles mènent où elles veulent, pas lui. Son corps est grave. Aimanté par la force de l'habitude, il colle à son passé et devient difficilement transportable; il ne dit pas que le passé est mieux, il s'ennuie de lui, c'est différent. Voilà, un corps magnétique, attirant ou repoussant les autres sitôt qu'on le change de position. Lui-même dirait un corps sinistre, si on pouvait traiter ainsi son propre corps.

Pour se venger, il pense qu'à moins d'être jeune et excusable la manie des voyages occupe les gens de peu de substance, qui passent leur temps à fuir. Le voyage d'abord, le mariage ensuite, ça fuit, ça fuit partout. Seulement... Seulement, tous les trois ou quatre ans, pourquoi diable se croit-il obligé de partir au loin? Personne ne le force! C'est qu'il le faut sans doute. Être sensible, c'est aussi l'être aux autres, rêver leurs rêves, désirer leurs désirs. Et puis, serait-il quelqu'un s'il n'avait parcouru un peu la planète, s'il ne pouvait parler voyage comme tout le monde? En vérité, les «il faut» ont grande prise sur lui. Il a beau faire, il a beau dire, il a beau craindre au plus haut point tous ces transits et ces transats, il s'arrache, il le faut, et il part.

Partir, facile à dire, il faut d'abord se préparer. Heureusement, rien de tel pour s'occuper et ne pas penser. Lui qui n'a qu'un agenda minuscule, il se met à noter quelques obligations «absolues», de quoi courir aux quatre coins de la ville. Mais aux quatre coins de cet agenda minuscule, le calendrier l'attend, en rouge: voici la réalité, comment faire taire le calendrier? Il se procure un premier item indispensable, un carnet souple, spiralé, commode:

Ne rien oublier. Acheter sans faute l'Express *et le* Nouvel Obs. *L'essai de James Walter sur les voyages. Faire photocopies dans le livre d'Éric. Le cordonnier, le nettoyeur. Passer à la pharmacie pour prescriptions au cas où.*

Ce dernier point souligné deux fois. Il a depuis toujours une bête dans les entrailles qui se réveille au mauvais moment, que les médecins ne voient pas. S'il fallait tomber malade en voyage, s'il fallait qu'il se retrouve... Mais il reporte tout ça, même la pharmacie, moins par superstition que pour être occupé demain.

2

Michel et Denis au téléphone, Bernard et Pascal pour prendre une bière, ses amis rappliquent. Avec une pointe d'envie qu'ils dissimulent d'autant plus mal qu'ils ignorent tout de son drame. Voyager comme ça, hors saison, quelle chance! S'ils se doutaient! Trop tard encore une fois, ce n'est plus le moment, ce n'est jamais le moment d'avouer. Arnold les remercie; il ne peut rien attendre d'eux, il fait bien de partir. Les brusques changements d'humeur sont d'ailleurs dans sa nature. Devant quelque téléroman qui l'a déjà passionné, on l'entend pester: «... ces acteurs qui guimauvent à qui mieux mieux, trop c'est trop, allez! que je me purge de tout ça.» Quoi qu'il en soit, plus le jour approche, moins les sédentaires l'intéressent. Il malmène ses tiroirs, épluche un classeur, parcourt des carnets périmés. Ce qui l'intéresse, c'est qu'un tel, qu'il a vu il y a des années, voyage dans le même pays aux mêmes dates. Rien à faire, il ne peut le retracer, et il en est déçu à un point qui semblerait à ce tiers invraisemblable.

La dernière semaine, il dort mal, digère mal, toujours ses intestins. Une nuit, il allume, se lève, fait le tour de la maison. Il ne peut s'empêcher d'étendre la main sur ce meuble, de caresser d'un œil inquiet ce qui va tant lui manquer. Il se recouche et ouvre son carnet, tente de suivre un train de pensées.

On dit se «créer» des habitudes. Bullshit! *Comme si on fabriquait sa petite habitude chacun dans son coin. Une habitude, c'est un pli, un pli cosmique! C'est l'univers depuis ses origines qui habitue. Les forêts, les animaux ne sont qu'habitudes accumulées. Tout ce qui surgit, ou bien la vie en fait une habitude ou bien ça meurt. Toutes les passions, les actions, penser, parler, écrire..., tout! Ce sont plutôt les habitudes qui nous créent, oui! Allez, laisse tomber, dors!*

Sauf qu'Arnold doit ramasser ce qu'il laisse tomber. Si encore la vie n'était qu'habitude, elle est en plus obsessionnelle. Le cauchemar a déjà commencé, il ne s'appartient plus, son rythme biologique fout le camp, le reste de la nuit n'est que rabâchages et velléités.

Il se lève avant son heure, courbaturé, cherche à ranger, ici un savonnier, là un coupe-ongles, un pantalon, n'importe quoi à la place du futur, une commode contre une vision, un vide-poche contre une anxiété. Mais comment conjurer un tourment, qui connaît le secret? Il replace tout, même ce qu'il devra ressortir demain. Retrouvant le caillou de l'autre jour sur une table à café, il va chercher la boîte en fer-blanc aux motifs folkloriques qu'il a achetée chez l'antiquaire, la plus belle de sa collection, parmi tant d'autres remplies de photos à classer, des photos de voyage. Il l'ouvre, il hésite, il n'a pas pris le temps de dater l'objet, qu'importe. Deux, trois douzaines d'autres s'y trouvent, plus trois ou quatre gros boulons tombés de quelque camion, et celui-ci, bien chromé, vestige d'enjoliveur probablement, tous ramassés en pleine rue. Quand il déprime, Arnold va rouvrir sa boîte aux trésors, en palpe, en soupèse quelques-uns, imagine le beau boulon coincé entre le pneu d'un bolide et la chaussée de l'heure de pointe, il voit l'éclat d'obus jaillir sur la rotule d'un vieillard, le thorax d'un enfant, la tempe d'une jeune fille et il se dit qu'un inconnu dans la ville respire à l'aise à cause de lui. Arnold n'est pas dépourvu de sens civique.

Le facteur lui apporte un compte – et un sourire, une carte postale folichonne de Gisèle. Il ouvre le premier, retarde la lecture de la seconde. Pourquoi ne pas essayer de la joindre? Mais il la connaît si peu, quel chemin vont-ils faire ensemble? L'amour peut devenir notre plus chère habitude, lui avait dit un ami à la mort de sa mère. Gisèle sera peut-être un amour, elle n'est pas une habitude, pas encore. Et puis, cela ne ferait pas sérieux, le joyeux «ciao» qu'il vient de lire lui rappelle combien elle aime voyager, même pour le travail. À Seattle pour trois semaines et si heureuse d'y être, n'est-ce pas un peu ce qui l'a décidé à partir, lui, en plein mois de septembre?

Son café refroidit pendant qu'il se répète «ce n'est pas pour longtemps après tout.» Sauf qu'il ambitionne le contraire. Cette fois comme les précédentes d'ailleurs: un mois dans les pays scandinaves, cinq semaines en Russie, six autour de la Méditerranée, voilà son régime. N'est-ce pas le sophisme à la mode: Puisqu'il faut partir, à quoi bon passer une semaine en Floride? Pourtant, Arnold n'aime pas les modes. Non, ce n'est pas la mode, c'est un idéal qui le torture, une espèce de commandement moral qui s'incarne dans le voyage. Une chance, il y a ce nouveau confident:

Voyage, c'est pour ton bien. Tous les artistes, les génies, tous ceux qui comptent ont voyagé. Oui, enfin…

L'affairement des derniers jours pourrait fonctionner: puisqu'on n'est déjà plus là, aussi bien partir au plus vite. Ça ne fonctionne pas. Le doute au contraire l'alourdit, il tourne en rond et finit écrasé sur un fauteuil. Il n'est pas sitôt remis qu'une nouvelle attaque le fige en plein élan, des trous noirs qui lui annoncent que ces inquiétudes vagues, ce n'est rien encore. La même maudite voix chaque fois: «Dans vingt-quatre heures, tu seras au Caire, à Rome, à Nice, est-ce possible?» «Du calme! se répond-il toujours à voix haute, je suis encore ici!» Conscient le premier qu'il s'agit là d'un argument pour le moins ambigu, il en est réduit aux paroles et aux yeux des autres. Partir seul vers de nouvelles contrées, disent ces mots et ces yeux, sans charge ni attaches, fantastique! quel chanceux!

Le matin du départ, le sang d'Arnold surchauffe. S'ennuyer d'avance comme il s'ennuie, sa maison encore autour de lui, est parfaitement illogique et ne pourra être guéri, hélas! par aucun raisonnement. S'ennuyer d'un lieu où l'on se trouve encore, n'est-ce pas un réflexe délicieux qu'on aime cultiver, prolonger ? Sans doute, mais dans ce cas on reste ! Justement. En rangeant quelques chemises avec soin, il hoche la tête comme si on lui parlait. Une souffrance si différente, inexplicable. Il faudrait un mot pour ça, pense-t-il, tout en enviant ceux qui s'ennuient normalement, d'un grand plaisir passé par exemple, ou même ces snobs détestables qui s'ennuient tout le temps et qui « adorent » ! Il s'empêche de noter les idées qui lui viennent – « pas le temps, une autre fois » – et il a le sentiment aussitôt de les avoir perdues à jamais.

Ce dernier jour est infernal, si l'enfer peut être loufoque. D'une étagère à l'autre, Arnold se hâte, s'arrête, revient sur ses pas, repart, les bras chargés de guides, de livres, de magazines, comme s'il fermait la salle des périodiques. Bien sûr, un autre devinerait qu'il lira peu, que le temps va manquer. Un autre, pas lui ; pour l'heure, il n'y a que du temps mort dans ce voyage. Il veut avoir le choix, l'embarras du choix, le merveilleux embarras. Arnold veut sa maison autour de lui comme le bernard-l'hermite, il est aussi lent et visqueux qu'un bernard-l'hermite, il s'essouffle sans avancer, son cœur a des ratés, il n'y arrivera pas. Alors il prend un calmant qui le tétanise. Sa liste le rend fou, dans un sursaut *in extremis*, il saute sur le téléphone et place quelques appels inutiles pour le simple bienfait de les rayer d'un trait. Sortir à ce stade, rester coincé quelque part ne fût-ce que cinq minutes et rater le départ, ça, ce serait le bouquet ! L'obligation de partir est maintenant plus grande que la peur de partir, c'est ça un commandement moral. Il saisit sa maudite liste pour en faire une boulette lorsqu'à dix-huit heures pile on sonne. Déjà ! Le séchoir à cheveux dans une main, il ramasse de l'autre ses sacs égrenés comme un chapelet vers la porte. Il ne lui reste alors qu'à jeter un ultime regard tout autour comme chaque fois : « Qui donc serai-je dans cinq semaines, de retour ici, ici même ? » Il s'affale dans la voiture d'un proche qui s'est offert gentiment pour le conduire, se maudit intérieurement d'avoir accepté, rien de pire que les politesses, ça tue vos dernières énergies. Surtout quand le proche en question a décidé d'amener sa conjointe et sa petite.

L'aéroport derrière l'horizon comme un aspirateur gigantesque avale le tapis de l'autoroute. Arnold en ressent le bruit et l'effet de ventouse *physiquement*. Ni à gauche ni à droite, ni les objets ni les images qui volent et revolent ne peuvent le retenir, et les grands panneaux publicitaires lui semblent les derniers appels d'une métropole qu'il voit dans le rétroviseur, pâle, fatiguée, exsangue. Il essaie de se raisonner : « Pascal, Bernard, Jacques, tous les autres voyagent, même Michel, pourquoi pas toi ? Ils ont des prétextes professionnels, mais bon… Il n'y a que Bob qui me ressemble. » Il pense à lui un instant et se dit qu'il aimerait voyager *avec* des amis. Mais non, il ne reste qu'à voyager *comme* ses amis. Après une demi-heure de supplice et de fausse conversation, il descend, les jambes incertaines, dans le vide énervant de cette immense boîte de verre conçue exprès pour détruire le peu d'identité qui vous reste. D'abord, le comptoir d'embarquement, avec l'hôtesse qui reste à terre, tout à fait sympathique et relaxe, et celle qui s'en va, crispée et si étrangère. Ensuite, la cafétéria nickelée et sans âme où il n'a pu éviter que ses obligés acceptent de prendre « quelque chose » en sa compagnie. Il se jure que la prochaine fois… Plus rien n'entre en lui, plus rien ne sort, pendant que le joyeux trio en remet dans la joyeuse nonchalance ; ce n'est pas possible d'être aussi bien dans sa peau. On lui fait remarquer que le deuxième appel vient de retentir, peu importe, il attend toujours le troisième. Ce qui ne l'empêche pas de se tortiller sur son siège comme un bâillonné. Par miracle, se souvenant tout à coup, il s'excuse et court à la boutique, en ressort avec sa revue préférée qu'il serre contre lui, un dossier spécial sur… le voyage. Dans son affolement, il a oublié les numéros qu'il avait mis de côté, et prendre l'avion sans sa ration d'images glacées serait au-dessus de ses forces. Il revient vers ses amis, encore plus éloignés, plus excités que tout à l'heure. Les lèvres cimentées, incapable désormais d'attraper au vol une quelconque bribe de conversation et même de faire semblant, il cherche refuge dans les échos caverneux de la place, dans la voix du haut-parleur, si étudiée, si calme, dont la sentence enfin tombe pour la troisième fois.

Après des remerciements détaillés, alors qu'on lui dit de se dépêcher, le voici bon dernier dans la salle des départs, faisant semblant de se hâter vers le poste au loin d'où une hôtesse et un préposé le fixent. S'ils savaient ! Peut-être savent-ils, peut-être reconnaissent-ils ce type, son type. Il s'en fout, quelque chose au même instant le chicote, il hésite, c'est plus fort que lui, il se retourne finalement pour jeter un œil aux balcons là-bas où quelques mains s'agitent encore. Il lève le bras et envoie la main à… personne. Arnold monte dans la navette presque soulagé, tout est consommé.

La chose s'ébranle. Debout, son bagage à main entre les genoux, tassé, engoncé dans ce qu'on lui a vendu comme un vêtement de voyage ultra-pratique, il lève des yeux frileux et cherche, et bientôt il trouve : des traits ici et là aussi tendus que les siens. Mais ce qu'il ressent est bien plus décourageant que la peur de l'avion qu'il voit sur certaines faces. Il ne veut pas penser, il ne peut que penser. Quand va-t-il régler ce problème une fois pour toutes ? Une cure, peut-être, si souvent reportée ? Thérapie interminable, avec quels résultats ? Il faudrait quand même essayer, comme tout le monde, oui, le même monde qui lui conseille le voyage. En attendant, pour économiser, un adage se pointe, le plus ancien du monde : *Partir c'est mourir un peu*. Il s'y accroche, se le ressert. La formule providentielle ! On pense toujours ce qu'il faut quand il faut. Ces mots par lesquels les hommes apprivoisent leur chagrin ; tant d'autres ont déjà souffert avant lui, comme lui. Se sentant universel, Arnold se console de n'être pas guéri. Il essaie de tousser deux ou trois fois, un râle sort de sa gorge comme s'il expirait en effet. Il se demande si les autres l'ont surpris en train de rendre l'âme, se penche pour échapper aux regards en faisant mine de jeter un coup d'œil par le hublot, et c'est à travers son fantôme dans la baie vitrée qu'il aperçoit l'appareil monstrueux sur le tarmac, tout illuminé, avec son nez proéminent qui se rapproche.

La navette a stoppé, on se presse vers les sorties. Le dernier en arrière, il traîne, comme s'il voulait qu'on lui parle, qu'on l'invite. Rien ne se passe, ne reste qu'à suivre le troupeau dont chaque mouton lui semble si euphorique. Il y a ces collégiens bruyants qui se ruent, sac au dos, pour aller courir de terminus en squares, d'une auberge de jeunesse à une gare enfumée, en collectionnant les destinations comme des badges au revers de leur *jean coat*, deux heures à Vienne, six à Genève, douze à Venise, puisque l'*eurail pass* est payé, et pour pouvoir le dire. Voyagerait-on, pense Arnold, si on ne pouvait l'annoncer un an d'avance, envoyer des cartes postales pendant trois semaines et en parler toute sa vie ? Serait-on si indiscret s'il s'agissait du vrai bonheur ?

Il y a ces autres plus âgés et plus riches, qui prennent une année sabbatique pour faire le « tour du monde », disons la moitié ou le quart, et en porter le crédit à leur curriculum. C'est par là qu'il aurait dû commencer à vingt ans, l'affaire aurait été classée – trop tard, il est toujours trop tard. Il y a ceux qui retournent dans leur patrie, ceux-là… son premier test d'exotisme ! Ayant caché leur naturel quinze jours, les voici à nouveau sûrs d'eux-mêmes, bougons, presque impolis, ils sont déjà chez eux, qu'on se le dise. Tous ces voyages organisés où l'on se charge de vous et de tous les détails, voilà ce qu'il lui faudrait. Seulement, pour qui veut rien de moins que la vérité, toute la vérité, ce ne sont pas là d'authentiques voyages, ceux des explorateurs auscultant la nuit sur une mer épaisse, sous un ciel d'encre, avec leurs seuls cadrans et boussoles, ceux de Cook, Amundsen et autres Lindberg, sans parler de Gagarine qu'il a toujours admiré, si solitaire et si courageux derrière son visage d'enfant.

Tu n'as pas le don du voyage, pourquoi t'entêter? Un homme de 40 ans a vu de la vie tout ce qu'il avait à voir. Qui a dit cela? À 36, tu es presque rendu. Tu devrais suivre ce conseil et cesser de faire le jeune. Les voyages, ça les forme, toi, ça te déforme.

Le crayon entre les dents, Arnold referme son carnet posément, comme s'il s'agissait d'un in-folio. Tout est à recommencer chaque fois. Mais son projet est-il moins héroïque? Un témoin attentif lui trouverait cet air triste et entêté, cet œil brillant qu'on voit aux malades qui s'accrochent, aux dépressifs qui se débattent. Si sa lutte est déraisonnable, il est inspiré. Lui aurait-on montré d'avance le film où il va souffrir, il aurait hésité, c'est certain, mais il serait tout de même parti. Il le savait après tout. Il savait, oui, mais pas à quel point! Il avait oublié le *degré* de son mal. Les degrés, c'est important. N'est-ce pas cosmique comme les habitudes? La biosphère, une affaire de degrés. Un ou deux en trop, de chaleur ou de froid, de lenteur ou de vitesse, et c'est la mort pour les pauvres animaux que nous sommes. La moindre variation et l'univers entier change! Ce degré en trop va-t-il un jour le briser, l'exclure, va-t-il virer fou loin de chez lui?

Il doit pénétrer dans la carlingue. Encaissant la bien-
venue et le sourire officiel du commandant de bord si
bien nommé, obéissant à son doigt pointé, le voici qui
ondule tant bien que mal avec ses deux sacs, traverse
toute la nef, on le gifle à coup d'épaules, il gifle à coup
de hanches, arrive à son siège, s'étire péniblement sur la
pointe des pieds, cherchant à bout de bras une, deux,
trois fois, un compartiment libre pour son sac non réglementaire. Il n'apprendra jamais. Cependant qu'une
voix insiste en lui, répète qu'il a raison, que partir c'est
apprendre, et voici que cette voix, à force de répéter,
s'accroche dans ses propres mots : « Partir, lui dit-elle,
c'est mûrir un peu ! » Arnold retient mal un rire nerveux. Le voilà enfin assis, entre deux dormeurs.

3

Les horloges ne se trompent pas, cette nuit de sept heures en dure bel et bien douze. Douze heures à flotter
entre deux continents dans cette espèce d'incubateur
volant, au-dessus de terres que personne n'a jamais ha-
bitées, de glaces que personne n'oserait défier : « Là, sur
cette mer, sur cette glace, seul survivant dans le noir total, que ferais-je ? » Pour vaincre ces vertiges, il a divisé le
vol en segments ; rien à faire, d'un bord à l'autre de cette
veille insensée où il ne voit rien et entend trop, trop de
réacteurs sourds et de siphons lancinants, où la musique, la pénombre et l'air font gadgets, où seules sont
réelles les courbatures – il ne dort ni même ne somnole,
n'arrive pas à lire non plus, à peine s'il survit dans une
hébétude nauséeuse, sa revue coincée dans la pochette
entre deux prospectus, un sur l'oxygène, l'autre sur les
indigestions.

Le seul bonheur, au petit jour, serait le café, et le soleil qui se multiplie à travers les hublots. Mais Arnold a
mal aux yeux et ne veut pas s'énerver. Reste l'odeur bien

sûr, si seulement il y avait des toasts. Si seulement il pouvait s'étirer…, non, pas quand on a renoncé au bonheur pour un mois. Il cherche une belle tête endormie, ou une jambe, un pied nu, une cheville, hélas! ce va-et-vient tout autour n'arrange rien. Le voisin se lève et offre aimablement sa place pour l'atterrissage, il accepte. Pour l'instant, des masses sombres émergent à peine de la nuit. Il cherche quelque hôtesse aux paupières lourdes, il adore la fille endormie du matin, qui va se glisser nue dans son lit d'hôtel tout à l'heure… Suffit, il retourne au hublot. Dames pour dames, voici le damier brumeux et jaunâtre qui commence à défiler sous l'aile. Et ces jouets minuscules, silencieux, au ralenti, on ne croirait jamais qu'il y a un type là-dedans occupé à faire l'important. Les bruits de fourchette s'estompent, le sifflement de l'air comprimé reprend le dessus, une voix demande d'attacher sa ceinture, un calme énervant s'installe, on «amorce…», se dit Arnold. Il aperçoit alors un terrain de football, des toits rouges, une place, un autocar, et là, des tennis et leurs joueurs, véritables lilliputiens perdus dans le matin argenté! Il descendrait bien leur montrer ce qu'est un enchaînement service-volée, mais voilà déjà de l'autre côté du boisé ce double ruban de l'autoroute avec ses poux qui brillent; ces braves joueurs matinaux doivent se croire au milieu d'un éden chèrement payé, les pauvres, que d'illusions! La ville est à deux pas et sa pollution, déjà visible. Où est aujourd'hui la nature, où est-on à l'abri? Arnold sourit d'un sourire las. N'empêche, ils n'ont pas l'air de s'embêter.

Un moribond était monté dans l'avion, un bambin en sort du même pas hésitant, une éponge au fond de la gorge, encore plus inquiet, obsédé par l'idée d'oublier quelque chose, un sac, un stylo, un passeport, une clef, alors que les autres passagers bavardent, contents d'être arrivés. Arnold ne pense jamais qu'il est arrivé, il n'est pas de ceux pour qui tous les aéroports se ressem-

blent. Ne sont-ils pas au contraire affreusement différents avec leurs comptoirs, leurs panneaux, leurs murs
qui se dressent, étrangers devant l'étranger – jusqu'à
l'air et l'espace lui-même, d'une étrange consistance.
Mille petits riens qui s'accumulent pour produire l'évidence suprême : ici, c'est ici, et toi, eh bien toi, tu es d'ailleurs. Le bambin revit d'anciennes paniques, son premier jour à l'école, on va lui demander quelque chose
certainement, quelque chose qu'il n'a pas appris, des devoirs qu'il n'a pas faits. Cet homme en noir là-bas dans
sa guérite, n'est-ce pas le jumeau du frère supérieur
qui jadis l'arracha des bras de sa mère, le faisant passer
en un clin d'œil de la lumière joyeuse de la cour à l'antre
noir de cette prison aux odeurs affreusement nouvelles,
où se cachaient planchers, murs, objets atrocement in-
connus ? Arnold lui répond dans un souffle, cherche un
reste de salive, il doit répéter. Deux secondes passent,
deux siècles ! Tampon ! Il remercie d'une voix inaudible
et franchit les derniers cordons où s'amasse toute une
nation avec ses écriteaux, ses agents de voyages, de location, ses parentés excitées. Sortir et vite ! Il scrute les
panneaux, déchiffre toutes les indications, sait-on jamais, les taxis sont peut-être à l'étage inférieur, il a déjà
vu ça. Le kiosque d'information est bondé, il se risque,
touche le coude d'un type pressé qui se tourne à peine
pour lui crier : « Les taxis ? Dehors, à l'air libre. » Dehors,
parlons-en, il fait suffocant dehors, pour l'air libre, on
repassera, ça pue le diesel. Il enlève son blouson alors
que c'est son tricot qu'il devrait plier dans son sac,
quand même, un fugace bien-être le visite, de l'air chaud,
il en a déjà respiré, voilà quelque chose de connu. Encore
faut-il trouver ce maudit stand ! Il pourrait demander
de nouveau, mais non, trop énervé, il doit faire halte
plus d'une fois, des crampes plein les épaules, bous-
culé par la cohue, quel farfouillage ! Et au moment où
il pivote en se tassant devant les cris d'un porteur

motorisé, qu'est-ce qu'il aperçoit, au-dessus d'une crête de têtes qui sautent : *Aire libre pour taxis*. Pas le temps de rire, seulement celui de ressaisir ses bagages en faisant un signe du menton, la Mercedes s'avance. Hors d'haleine, liquéfié, les jarrets tièdes et huileux, songeant au pli de son pantalon de lin, Arnold se débrouille seul avec ses bagages. Le chauffeur finalement s'amène et ferme le coffre, le voyageur s'affale sur la banquette, essaie de décoller sa chemise moite, ce qui lui révèle un point désagréable, juste là, au milieu de la poitrine, pendant qu'il débite sa nouvelle adresse d'une voix de phoque. Le chauffeur ne bouge pas. Arnold fume littéralement. Il la répète. Rien. Il croit qu'il va exploser – comme s'il en avait les moyens ! Dieu merci, le moteur redémarre, son cœur aussi. Dans le rétroviseur s'encadre la grimace d'impatience du chauffeur, un autre artiste de la petite remarque, genre « monsieur veut dire… », de la petite question, « par quel chemin s'il vous plaît ? ». « Artiste mon c… », se dit Arnold. Il fouille ses poches, laisse tomber son contrat de location sur la banquette et en profite pour saisir son crayon.

Ils font exprès, c'est certain, le ciel les maudisse ! T'en fais pas, c'est normal, ton séjour ne peut qu'aller en s'évasant. Demain tu respireras déjà mieux, aprèsdemain encore mieux, jusqu'au jour où… Tu vas voir, tu ne voudras plus rentrer. Souviens-toi, Paris il y a dix ans. Une chose à la fois, take it easy.

Se souvient-il vraiment de Paris ? Qu'importe, une certitude s'est emparée de sa gorge, de son tube digestif, il l'ingurgite un peu plus à chaque déclic du compteur, il en est gavé par tous les pores : il est seul ici. Il essaie d'avaler, sort de sa poche une gomme toute collante, la fourre dans sa bouche, le morceau d'Amérique poudrée lui semble exquis dix secondes, un peu de papier est resté collé après, non, continue, se dit-il, mastique, mastique.

La vie est quelque chose à mastiquer.
C'en est presque drôle, il y a vingt-quatre heures tu ne
pouvais qu'imaginer. La distance, ça s'imagine, mais
le réel, lui, excède, le réel écœure ; ou bien on imagine,
ou bien on avale.

Le taxi avance en tournant, comme s'il dansait dans l'exotisme. Les villes latines tournent beaucoup, s'enfoncent pour le plaisir, refermant leurs ruelles en tentacules de plus en plus épais autour de vous. Effaré, Arnold regarde. Il regarde trop pour voir. Tout autour s'agitent une multitude d'êtres disparates, les objets autant que les gens sont des «êtres», les couleurs comme les odeurs, les affiches et les murs et les portes, tout est de l'être, de l'être en masse, la pire sorte, de l'être pas encore nommé, pas encore parlé. Des différences trop différentes. Ça piaille et ça crie, ça klaxonne et mugit, ça s'insinue dans ses vêtements, sous ses paupières, et que dire de tout ce qui est à venir encore, où va-t-il le mettre ? Il pense à ceux et celles qu'il aime, en cet instant plus nombreux que jamais. Prends ton ami Gaston, se dit-il, que tu n'as pas vu depuis longtemps, tu ne t'ennuies pas de lui, alors cinq semaines, ce n'est pas si long. Mais son corps se fout des déductions. Il se répète que la première heure est la pire, sauf qu'à cet instant, sur cette banquette, personne ne le croit. Il faut vraiment qu'il reprenne un jour ce texte qu'il avait intitulé *Les forces de l'étrange*. En attendant, il reprend son carnet.

Être déphasé, c'est de naissance. Combien de fois as-tu
traîné tard dans des soirées où tu ne voulais pas aller ?
Vas-tu enfin respirer à fond ! Je te préviens, on respire
souvent dans une journée.

Au cinéma, il trouverait ça drôle, on peut entrer et sortir au cinéma. Il ne peut même pas sortir de ce taxi. Dehors, tout le monde parle à tout le monde, lui, il n'est pas dans ce dehors, leur dehors, il n'est pas dedans non plus, dans cette voiture. Où est-il? Si encore il avait un projet. Ce sont les autres, les projets qui vous tirent, qui font le temps passer. Arnold pense au proverbe arabe «ce n'est pas une rue, une maison, un arbre qu'on regarde, c'est ce que nous allons faire tout à l'heure». S'il était attendu…

Il l'a trop été. Né en retard, on lui a dit et il le croit. «J'étais bien», telle pourrait être sa devise. Il se lève en retard, arrive en retard, pisse en retard, il est d'une nature attardée. Un œil tourné vers l'enfance, il n'envisage jamais l'avenir avec aplomb, et ce strabisme affecte toute l'entreprise de vivre. La première fois, le premier voyage, un mur s'était dressé. Il était parti, avant de s'avouer vaincu. Rentré aussitôt, il avait mis autant de soin à se faire oublier qu'il en avait mis à se préparer. Personne ne prenait de ses nouvelles, il aurait pu rentrer encore plus tôt! Les autres vous adorent, c'est vrai, mais…, loin des yeux, loin du cœur. Du moins s'était-il remis à manger. Maintenant, bien sûr, il s'est endurci.

Le soleil est déjà haut, la course s'étire, est-ce qu'on approche? Le chauffeur peut le mener où il veut. Approche de quoi? Des mondes, il y en a toujours plus, aussi indifférents que le chauffeur, ça s'engendre à mesure dans une ribambelle d'enseignes et de façades, révélant toujours plus de ceci, de cela. Où sont donc les photos qu'on lui montrait au moment d'acheter son billet? Ce mobilier public et ces pavés abîmés, ce monument, les toits, les enduits, le graisseux de ces trottoirs, comme si dans l'air habitaient d'autres particules. L'incongru. Une attaque de concret, pense Arnold. Oui c'est ça, comme on dit *concrete* en anglais, la ville et toutes choses semblent de béton, étonnantes, lunaires, elles résistent, il en voit le grain, leur grain d'existence saturée. Mais tous ces gens-là ne sont-ils pas comme toi, isolés les uns des autres ? Non, se répond-il, rien qu'à l'insouciance de leur démarche, ils sont *ensemble*. Il a voulu leur rendre visite avec sa grosse voiture, tant pis pour lui.

Bifurque à droite, bifurque à gauche, la Mercedes diesel aboutit dans une rue pentue, sans âme, où elle s'arrête. Un quartier gris-beige, désert, qui sent l'ail et le café sous l'azur parfait. C'était prévu : l'hôtel sur la grand-place pour touristes de passage, aussi bien rester à Montréal ! L'empoignade virile du frein et son grincement l'avertissent que la course est terminée. Pendant que le chauffeur fait le tour de la voiture et daigne prendre un sac, Arnold s'extirpe tant bien que mal, fouille nerveusement ses poches, où est ce portefeuille, merde, merde ! Il est dans sa main. Fasciné un instant par ces billets trop grands que lui tend le chauffeur, par ce bracelet en argent et ce poignet olive, par ces quatre mains qui ne se toucheront jamais, il conclut l'affaire d'un solide pourboire, il n'a pas besoin d'un ennemi de plus. Un vague sourire en échange peut-être ? Un marmonnement et un claquement de portière plutôt. Ses sacs, son blouson, son passeport, a-t-il bien tout ce qu'il faut, sa trousse de toilette, ses pilules et surtout ses compagnons chéris ? Il apporte toujours quelques auteurs de poids, qui ont vécu, qui sont passés par là, pour traverser les premières nuits. Avec eux sur l'oreiller, il devrait pouvoir dormir.

Encore faut-il qu'il soit rendu, car, comble de malheur, l'adresse où il doit descendre n'est pas claire. C'est le 11 *bis*, il voit bien le 11, pas le bis. L'immeuble se dresse sur six étages et cinquante mètres de façade, un peu de verdure, un gazon hirsute, des pots de terre cuite aux balcons. Il en fait le tour péniblement, n'osant déposer ses bagages. Pas de bis. Un deuxième tour. Il avise finalement cette jeune femme, les coudes sur le rebord de la fenêtre à côté de la porte, qui regarde sa petite sauter à la corde. Comment l'appeler? La concierge, la tenancière, la lavandière? «Quelle idée, se dit Arnold, on n'est pas au Portugal, on s'en fout.» La petite le dévisage bouche grande ouverte tout en sautillant, c'est à cette innocence qu'il a envie de parler mais c'est à la mère qu'il s'adresse de son ton le plus poli: «Le 11 *bis* s'il vous plaît?» Celle-ci écarquille les yeux, elle ne comprend pas, est-ce la question, la langue? Il répète, elle ne comprend rien, elle n'a jamais voyagé, elle est portugaise! comme sa petite qui, un doigt sur la bouche, s'est arrêtée de sauter. Il se détourne et ose entrer puisque la porte est ouverte. Dans la pénombre, il fait quelques pas le long d'un mur brun luisant, aucun mur n'a cette couleur ni cette luisance à Montréal; il déplie son document, vérifie le numéro de son appartement, c'est bien le 6. Quelques mètres et il ne voit plus rien; surtout ne pas ressortir! Il piétine, tâtonne de la main, ah! voici un petit écriteau: *Peser pour avoir la lumière.* Un bout de couloir s'allume, tiens, l'ascenseur était là et juste à côté le plan de l'immeuble, le 6 est au troisième, c'est curieux, on lui avait dit au premier. Il appuie sur le bouton, une bête étrange se réveille. La porte s'ouvre, un mètre carré, une espèce de cage. Il s'enfourne tant bien que mal et doit se retourner en raclant les cloisons, pour peser sur…, sur quoi? Des boutons, encore des boutons, des chiffres romains, des chiffres arabes, des lettres, le foutoir! Rien n'est ressemblant, rien n'est vraisemblable. Il pèse au hasard sur le 3 romain, rien ne se passe, diantre, qu'est-ce que cette chose? Il tape sur l'un, sur l'autre, la porte se ferme. Une crampe plus tard, elle s'ouvre, voici peut-être le 6 en face, il plisse les yeux, oui, coup de chance, un beau 6 doré dans la nuit. Il tâtonne, plus de bouton! Bon, de la main il repère les montants de la porte et cogne au milieu. Trois coups forts, qui lui ont échappé. Une voix aussitôt: «Qu'est-ce que c'est!»

Quelle voix! Une voix impatiente, non, impatientée. Arnold s'enhardit – qu'a-t-il à perdre? – et cogne de nouveau. La même voix marmonne, à quelqu'un dans la pièce sans doute, puis fait quelques pas et répète tout près «... mais nom de Dieu qu'est-ce que c'est!?» La voix de quelqu'un qui met son pantalon. La voix ouvre la porte, en camisole, carrée, terrible. Un chasseur ou un gendarme, sûrement que son arme est cachée tout près, un homme qui n'aime pas être contrarié, encore moins dérangé. «Non, mais qu'est-ce que vous foutez là? Le 6? C'est ici le 6, et je n'ai jamais rien loué, surtout pas à vous! Je suis chez moi, monsieur, si vous ne foutez pas le camp...» Arnold est au bord d'exploser. Quelle explosion? Il est le dernier à savoir. Une seconde, ses genoux vacillent, le monde vacille. Le sang à la figure, il se penche et arrache du sol son troisième sac, le plus lourd, pendant que les deux autres, en bandoulière, lui scient les épaules et l'étranglent doucement. Il redescend par l'escalier, il pense à l'enfer. Dehors, aveuglé par le ciel, il trouve la force de refaire le tour de l'immeuble, titubant, en nage, un voile sur les yeux, tout près de se répandre avec son fardeau. «La voilà, câlice, la maudite porte!» s'entend-il dire à voix haute en ricanant. Le 11 bis est là qui le regarde bêtement, à l'extrémité, en retrait, au bout d'une allée quasiment invisible.

Dans l'ombre fraîche, il s'effondre sur le divan.

Une heure plus tard, tout habillé, il se réveille, du moins il lui semble, ce fil de clarté autour de la fenêtre est bien réel, non? Il ne peut le croire. Le manteau des accoutumances pan par pan achève de se déchirer, laissant apparaître le réel, le seul: les choses sont là, irrécusables. Ce rangement qui dérange, ces effluves jamais sentis, ce carrelage glacial, ce bout de tapis, cette corbeille de métal blanc cabossée, ce désinfectant qui infecte l'âme. Et que dire de cette fenêtre barricadée, cette espèce de rideau vertical à poulie qui grince et se coince

à mi-hauteur, dévoilant un morceau de planète sablon-
neux garni d'arbres à houppettes. Ni dehors, ni dedans,
ni en haut, ni en bas, rien n'est pareil. Pareil à quoi ?
Pareil au reste, au reste de sa vie ! Il ne pourra s'habituer,
d'avance il le sait, pas ça, pas trente-cinq journées, pas
des millions de fois cette seconde-ci ? Il ne sait où
s'asseoir dans cette cellule, dans ce tombeau, il renifle,
tourne en rond, de la fenêtre à la salle de bain à la cuisi-
nette dont le robinet coule. Il est condamné à *la place.*

Ouvrir ses valises, le moins possible. Tout au plus de
quoi faire sa toilette, comme s'il allait repartir. Ne rien
toucher, ne pas prendre possession. Et s'il le pouvait, les
objets se laisseraient-ils faire ? Il n'ose rester, il n'ose
quitter, il n'ose bouger. Sans rien avaler, il tombe en-
dormi le nez dans son magazine, à la rubrique « ce qu'il
faut savoir avant de partir ».

4

Il repousse ses draps : « Ah mon dieu, c'est vrai… » Il
ne se souvient pas d'avoir ouvert le divan, d'avoir fait
son lit. Quelle heure est-il ? Seize heures. La lumière est
blafarde, la tête lui élance, il se sent étourdi. Sitôt debout, il est pris de frissons. Il va à la toilette. Ici, ici. Ici,
la terre est sèche, se dit-il accroupi, ici, la poussière qui
fait l'émail, le carrelage, les tuiles, vous pénètre par tous
les pores de la peau. Les sanitaires sont différents, son
urine et ses selles ont quelque chose de différent. Tout
entre en nous, tout sort de nous, se dit Arnold, et dès
que les choses sortent de nous, elles sont différentes,
on s'en empare… S'il fallait que ses intestins… ! Il a
peut-être faim. D'autant qu'il fait jour, il faut sortir. Se
souvenant du yogi qui recrée sa maison n'importe où, il
entame quelques *asanas,* ouvre sa valise, enfile ce qu'il a
de plus terne et sort : l'après-midi, il y aura moins de
monde.

Enveloppé d'odeurs tièdes et salines agrémentées de mazout, Arnold fait ses premiers mètres en hésitant, comme s'il étudiait le trottoir. Il ne peut se tromper, toutes les rues descendent vers le centre. Dès le premier carrefour, une petite cylindrée surgit, il se jette vers l'arrière et manque tomber. Il reprend pied tant bien que mal et se met à piétiner tel un vieillard. Tous les chauffeurs viennent de l'avertir : il dérange. Pourtant, personne ne fait attention à lui ! Justement, justement. La ville se resserre en un colimaçon grisâtre. Au coin de la rue, devant ce café, qu'est-ce que c'est que ces voix, ces gesticulations qui lui tournent le dos ? Ils jouent, ma parole, se dit Arnold, c'est pour m'impressionner, ces salamalecs. Et celui-ci, qui s'avance au bras d'un ami, oui, bras dessus bras dessous, le pas ample et cadencé, avec son profil d'hidalgo, il danse presque, on dirait un Portoricain dans *West Side Story* ! Arnold lui cède le trottoir dix mètres d'avance et poursuit dans la rue en louvoyant. D'esquive en évitement, il regarde par-dessous, la tête penchée, comme ceux qui font pitié dans les rues de chez lui. Les vertiges le reprennent, il doit manger. Il aimerait bien des œufs, mais où, à qui demander ? Voici un comptoir avec ses petits dessins et ses petits plats. Il se répète d'avance quelques formules, comme s'il allait passer un examen de langue au collège. Se racler d'abord la gorge, tousser pour se manifester. Quand il se décide enfin, il entend une voix de grabataire, ce qui fait qu'on ne saisit pas et qu'il doit répéter *devant tout le monde*. Fort heureusement, ce premier visage sourit, il a le réflexe puéril de vouloir rester et ne s'éloigne qu'à regret.

Des œufs. Arnold est un œuf lui-même, un œuf de laboratoire avec ses lignes névralgiques par où la coquille va se fêler et craquer sous la pression. Chez les femmes, rien de plus troublant que ce moment précis où l'image va céder, dans l'amour ou dans la joie, dans le chagrin. Mais que ce soit lui cette coquille, cet Humpty Dumpty grotesque qui peut d'un instant à l'autre s'offrir en spectacle! Sa blessure est invisible, pire, incommunicable. Un aveugle, un paralysé, où qu'ils descendent, ont au moins une consolation, celle d'être quelqu'un pour l'entourage, ils ont un *emploi*. «Tu exagères, se dit-il, tu ne devrais pas penser, est-ce qu'ils pensent, eux? Qu'est-ce que ton tourment à côté des grandes épreuves, la souffrance physique, le deuil?» Il sait bien, enfin, une partie de lui le sait. C'est l'autre partie qui exagère. Mais la vie n'est-elle pas addition, agrandissement? N'est-il pas au pays de l'emphase? Il est fou peut-être. Fou de dépaysement, de déshabitude. Une douleur sans pareille, sans médicament et sans secours. La douleur du lieu. Pire, du non-lieu. Ceux qu'on aime ne peuvent la voir, ceux qui la voient l'accentuent:

> *La douleur du lieu ou la douleur du temps? Chaque seconde me serre la gorge, une vraie peine d'amour – non, c'est pire, c'est comme plus ancien.*

Cette tartine aux olives quand même était pas mal, comment ils l'appellent déjà? Un pain beignet? Un pain bagnard? Voici un autre comptoir avec des tabourets… Mais une fois servi, il se pousse à l'écart et va manger debout, ce dont il a horreur. Un peu plus loin, une librairie déploie ses grandes vitrines. Il s'est bien juré: ni bibliothèque ni librairie pendant un mois. Il s'y engouffre. Au royaume des livres, on est tous en voyage, tous semblables, non? Et puis, n'a-t-il pas voyagé à Paris pour la bibliothèque municipale? Devant le rayon «biographies», il feuillette une nouveauté et une autre. Des livres qu'il n'achète guère mais dont il aime les photos, réparties en deux ou trois galettes, premier tiers de vie, deuxième tiers…, des photos de famille et de voyage! Des sourires fendus sous le soleil, des décors à palmiers, des cieux nouveaux et si semblables, les mêmes mimiques datées, chacune si fière d'être si loin. Sur celle-ci, tous les hommes en manteau sombre, et ces cannes, et ces chapeaux ! Ou bien l'allure Saint-Exupéry à sa descente d'avion, la main et la cigarette codées. Des photos-cultes, comme disent les jeunes chroniqueurs, une star est toujours la dernière des grandes, les photos, toujours des photos-cultes. Mais personne, se dit Arnold, ne peut bouger ainsi le bras plié, et qui diable porte canne et chapeau ? Qui passe sa vie en biplan ? Ces airs-là vont-ils nous faire oublier longtemps qu'une seconde n'est qu'un milliardième d'année ? Et ces manteaux et ces cols durs, ces mains sur les revers de la veste, ces costumes trop noirs ou trop blancs ? Mais non ! ils allaient en pyjama, se brossaient les dents, se lavaient les pieds, bien plus souvent qu'ils se faisaient *poser*. Ah ! le beau mot. Qu'est-ce que cette idée de planter un homme comme on plante un décor ? Le monde n'est pas un musée, il tourne, le monde, il fait à chaque instant du nouveau, du n'importe quoi, du pas encore ! Postures, impostures ! Et dire que ces fadaises transforment des sédentaires en nomades. Lui par exemple.

Le monde n'est pas une pose ? Arnold est bien naïf. En fait de voyage, chacun claironne qu'il part, surtout les artistes, ceux dont on parle. Mais c'est bizarre, il y a toujours quelqu'un pour les prendre, les photos. Il y a toujours X + 1 dans les voyages, le « 1 » qui tient compagnie, fût-ce un chien, photographié sinon photographe. Si l'on est célèbre, la délégation n'est jamais loin, voire le cortège. À tout le moins un ami, un mécène, un amour, plus ou moins déguisé. La première chose dont on se vante, c'est qu'on voyage ; la dernière qu'on avoue, c'est avec qui. Les vrais voyages comme le sien, banals et sans fards, qu'on fait seul et sans être attendu, sans commandite et sans programme, sans nécessité et sans excuse, pour rien, pour faire face alors qu'on pourrait rester – et sans photos! c'est rare, très rare. Voilà ce qu'il faut comprendre quand on lit dans les chroniques «telle année, voyage de X au Japon» : ils ne sont jamais seuls, ils exagèrent, ce sont des menteurs.

Tennisman et athlétique, Arnold a fait les finales de quelques tournois locaux, il brillerait sur les courts de la Côte d'Azur, il tire au poignet et tiendrait son bout dans une taverne irlandaise, il ferait sonner la cloche dans une fête foraine à Hambourg – s'il ne s'ennuyait tant. D'abord, il faudrait écrire *s'ennui-yer*, ce *i grec* ne le suggère-t-il pas, la sensation est longue, lancinante comme une migraine, une migraine du cœur. Il ne prétendrait jamais chérir à ce point sa patrie. Il suffirait d'un rien, pense-t-il parfois, pour le sortir de cet état. Un jour, à Florence, deux types étaient assis à une terrasse, des compatriotes. Ordinaires et si extraordinaires. Il est resté là, étirant son café, sans leur parler, afin de ne pas rompre le charme : la vraie utopie, être tout près et se tenir à l'écart. Il ne s'ennuie pas au sens de Baudelaire ou Stendhal, deux écrivains bien-aimés de sa jeunesse, il ne souffre pas du spleen ou du manque d'amour. Arnold s'ennuie «de», de ce qui est si près qu'on ne le voit plus, de ce qui est si bien à sa place depuis si longtemps. Lui aussi veut secouer ses habitudes, mais son désir est impossible ; c'est le pays qu'il quitte qu'il veut retrouver.

Cette première journée n'avait pas besoin de trente-six heures pour être aussi éprouvante. Arnold rentre, quelques charcuteries sous le bras, et s'aperçoit qu'on est samedi. Une pluie fine et régulière a commencé, il ne pleut qu'un jour par mois et c'est ce soir. Malgré tout, dans la rue huileuse et déserte, ces fenêtres allumées le rassurent. Plus de cafés bruyants ni de «mecs» les mains sur les hanches, plus de regards ternes ou trop perçants, plus de scooters en embuscade. Il rentre comme les autres ombres, le cou dans les épaules, et expédie son souper. Sur la mauvaise télé, il épuise l'une après l'autre les émissions idiotes, parcourt un reste de journal oublié sur place, range quelques trucs, à peine, sans plus, comme dans sa tanière, et il entend soudain la voix de sa tante Madeleine qui disait « il a pris son trou. » Il sourit presque.

Allez, tu t'es juré de tout noter. Ce qu'il faut, c'est se rendre jusqu'à demain. Alors, il faut tricher. Tu mets n − 1 pour les jours qui restent et n + 1 pour les jours écoulés. Ce soir devient le jour n° 3, il t'en reste donc 31, même pas, 30, presque 29. Ce soir est demain. C'est ainsi, c'est vital. Le mensonge n'a pas été inventé pour cacher la vérité aux autres…

5

Après questions et démarches, enfin muni de son « titre de transport », il prend le lendemain l'autobus où il remarque une fille au visage racé, un rien buté, gracieuse, le chignon noir faussement négligé, un pull de coton à rayures marines et blanches, la jeune femme de *Paris Match* déguisée en Amérindienne, laquelle lui rend son regard furtivement une fois ou deux. Désinvolture et distinction, joli mélange ! Il y a Gisèle, bien sûr, mais elle est si loin, elle n'a pas à s'inquiéter… C'est juste pour voir, voir bouger, voir réagir, il est en voyage, non ? La fille descend, il la suit. Elle traverse la terrasse immense d'un café, le temps qu'il remarque ses mollets brunis et ses talons mignons, et voilà qu'elle entre à l'intérieur et disparaît. Il hésite ; rejoint-elle quelqu'un ? On le regarde, il fatigue. Quelques secondes passent, stupides, on ne le laisse pas tranquille. Est-ce la fille de la maison, est-elle à tous, sont-ils tous jaloux ? Il n'en peut plus et renonce ; de toute façon, il voulait se promener. Sur la plage de galets, une demi-heure plus tard, une autre fille bronzée, le sein nu, cuisses splendides, la cigarette pointée vers le ciel : « Petit paratonnerre contre les importuns », se dit-il, et il passe son chemin. Un type s'approche avec un ballon, la belle baigneuse dépose sa cigarette en souriant. Bof…, ce n'est pas le commerce d'un corps mais d'une âme qu'il voudrait ; quand il entre dans une boutique, comme tout à l'heure, ce sont les voix mielleuses des employées qui font leur lit dans son oreille.

Le beau temps est de retour tel que promis, un ciel inaltérable qui le force à comparaître. Il circule, c'est le cas de le dire, faisant des cercles sans s'arrêter, mangeant sur une fesse dans un parc pour aussitôt repartir, comme s'il s'agissait d'un curieux métier. Le soir finit par arriver, la ville se dégonfle, c'est l'heure qu'il aime, il pense aux gens qu'il aime. Ou dont il aurait besoin – quelle différence ? Pensent-ils à lui ? Non, ils n'en ont pas besoin. Arnold joue à imaginer leurs voix ; eux, ils jouent à imaginer leur prochain voyage. Il ne peut tout de même pas téléphoner, il faudrait une raison, une justification. La dernière fois chez Michel, Bob lui a dit : « Le jour s'en vient, mon cher, où tu pourras téléphoner à n'importe qui, de n'importe où, tant que tu veux, avec un appareil gros comme un paquet de cigarettes. » « Mais après avoir raccroché, qu'est-ce qu'on fait ? » a-t-il eu envie de répondre. Et comme s'il l'avait entendu, Bob a ajouté « … mais ce jour-là, les gens vont se sentir de plus en plus seuls. » Il rentre et se tape une salade devant la vieille télé à laquelle il s'est attaché, même s'il neige doucement sur l'image. Quiz de fin de soirée, music-hall, peu importe, il a besoin de la voix humaine. Mais rien n'y fait, dans son divan-lit qu'il referme chaque matin et rouvre chaque soir, il s'agite. Il n'éteint pas la dernière ampoule, pas encore, il attend demain, c'est-à-dire après-demain. L'angoisse monte, chaque instant est trop, trop neuf, trop intense, c'est la guerre. Dans cette espèce de no man's land, le cinquième jour, à trois heures quatorze du matin, Arnold se lève, sa lampe encore allumée, le cœur qui part à l'épouvante, et s'entend dire : « C'est assez, je rentre ! »

Cette décision se tenait là, au garde-à-vous. Voilà, le plus difficile est fait. Il se lèvera tout à l'heure, il rangera ce qu'il faut, dans l'ordre qu'il faut, et il partira. Voilà, c'est simple, après tout qui va savoir ? Il s'en fout ! Non, il ne s'en fout pas. Va falloir prendre des précautions, que personne ne sache. On va s'arranger. Voilà, on peut s'en aller, se dit-il, le verre d'eau à la main, debout contre la porte patio. Un train au loin siffle. Un chien aboie. La plainte d'une moto s'élance et monte le long des façades du boulevard, monte, monte, menace de plus en plus en pétaradant, s'arrête soudain, c'est pour lui ! – non, simple reprise du moteur, le hoquet se met à refluer, il en suit le decrescendo obstiné, jusqu'au silence. Il prend son carnet.

Va falloir partir, va falloir revenir, va toujours falloir. Sans les autres, sans hier, sans demain, aujourd'hui n'a pas de sens. Qui ose dire le contraire, quel philosophe ? Un condamné à mort est le seul homme que j'écouterais.

Sitôt son crayon déposé, il se tourne et s'endort. Au réveil, puisque c'est décidé, il peut partir. Donc il peut rester – s'il veut. Il reste *en attendant*. La nuque toute raide, il regarde la cour en désordre où de grandes palmes aux bords rouillés lui tiennent tête. Fixant au pied de l'arbre un empilement de tuiles qui lui semblent autant de cuisses bronzées, inutiles, il a conscience de tenir son départ dans sa poche, comme une bonne certitude. « Si je pouvais *habiter* la place. » Il se l'est dit à voix haute, gravement. Bon, avant son départ, pourquoi ne pas visiter tel site gréco-romain *en attendant*? C'est à côté, dieu merci, il n'est pas dans un état pour entreprendre quoi que ce soit de compliqué. Question de changer le mal de place, comme disait son père. Prendre son trou, partir à l'épouvante, changer le mal de place, les mots du pays, les mots de l'enfance qui remontent! Finalement, Arnold fait sa visite, et sans trouver rien d'extraordinaire à cette curiosité, il s'étonne que la journée passe, quasi supportable. Rentré indemne, la nuit venue, il peut arrondir son décompte.

Contre lui, autant que l'espace et le temps, il y a le nombre, et les trois s'associent pour composer, comme dirait Gisèle, un méchant cocktail. Un groupe devient une meute. Le café du coin par exemple, devant lequel il passe deux fois par jour, est un coupe-gorge, une caverne de comploteurs qui ont juré sa perte. Si on l'interpellait, le confrontait, le forçait à entrer! Avoir sa place dans un coin de pays, un quartier, un simple café, rien ne vaut ça, ni la richesse ni le prestige, voilà ce que ces types lui disent en se tapant sur l'épaule. Les globetrotters qui campent près de la gare, même chose, quelle légèreté! Et dans le square à côté, cette bohème flâneuse, plus jeune et encore plus inatteignable, il n'oserait jamais traverser son territoire. Qu'est-ce que leur soleil pourrait comprendre à son hiver? Ils rigolent. Où couchent-ils, n'ont-ils personne de qui s'inquiéter? Une bouteille qui circule de camisole en camisole est leur seule réponse, et une cigarette de bouche en bouche. Arnold change de rue en marmonnant et se jure que, sitôt rentré, il invitera des amis.

De retour vers le centre, il aperçoit un clochard bizarrement accroupi contre une borne. Une samaritaine survient, déplie membre après membre le malheureux, qui s'effondre sur le côté. Arnold s'approche, le voici à genoux auprès de cet homme-sac, ivre mort, la bedaine sale sous ses chandails sales. Il aide la femme à lui soulever la tête pendant que le pauvre vomit une drôle de couleur. Elle crie aux passants : « Mais faites quelque chose ! Allez chercher un gendarme ! » Le triste spectacle ne s'améliore pas, tête renversée, le clochard continue à baver, ça pue, les badauds s'agglutinent. Arnold reconnaît dans leur attitude son sosie burlesque. Les secours arrivent enfin, « on dégage, on dégage ».

Ici tu es un autre. Tu assistes. Mais tu penses t'en être bien tiré, avoue.

Toujours à l'aube d'un voyage incertain, Arnold se livre deux heures par jour à une furieuse correspondance. Lui qui d'habitude a horreur des bureaux de poste, on le voit chaque matin marcher d'un pas nerveux vers l'enseigne jaune, faire la file au guichet, puis lâcher deux ou trois lettres bien rondes dans la chute. Il écrit d'urgence à ses amis. Eux, englués dans la routine, cherchent à se distraire. « Mais que font-ils ? » se demande Arnold à une terrasse devant un pastis qui l'écœure – « Ah ! Ce qu'il doit relaxer au soleil, y a pas de justice ! » se disent-ils sous la pluie dans le trafic de dix-sept heures. Lui écrire quoi ? Les semaines sont longues, la vie est courte, il va comprendre, demain peut-être. Et ils l'oublient complètement. Pas étonnant qu'à cette terrasse Arnold se sente si seul. Victime de ce qui-perd-gagne absurde, il tente de chasser l'amertume, oubliant que c'est écrire et non lire qui soulage.

En route vers la promenade des Anglais, je descends avant l'aéroport, on m'a dit que c'est à côté. Un, deux kilomètres de boulevard, toujours pas de promenade. Au large, de gros jets racolent en rasant les flots. Quelques autres passent au-dessus en rugissant. Un bruit peut tuer les autres sensations, paraît-il. Alors, dans l'air broyé, j'ai crié comme si je décollais moi aussi. Personne n'a entendu, c'est pourquoi j'ai crié, d'ailleurs.

Il rêve trois nuits d'affilée aux trois femmes qui ont marqué son existence, dans l'ordre où il les a connues. Il ne sait quoi penser, deux de ces rêves semblent si peu sexuels, l'autre beaucoup trop. Serait-ce le film obscur de sa vie, est-il en train de se noyer? Ah! au diable l'inconscient, c'est la faute de l'automne, l'automne qui l'angoisse depuis l'école quand il gâtait ses derniers soirs de vacances à se demander qui serait sa maîtresse…

Le pire: tu es supposé être heureux. Tout ce qu'on dit sur les voyages! Tout ce qu'on dit en général sur tout et n'importe quoi! Alors que rien n'est général, tout est particulier! Pourquoi les écouter? Mais qui n'écoute pas les autres? Qui ne s'écoute pas? Entre les bruits qui sortent de leur bouche et ton mal de ventre, il y a un rapport si humain, si ancien.

6

Pour son premier vrai dimanche, Arnold se lance un défi: une balade sur ces plages de sable qu'on vante dans tous les prospectus.

À peine descendu de l'autocar, le parking déjà l'inquiète: arrive-t-il encore trop tard? Étirant le cou, il s'approche à pas comptés. Ah! Enfin la voilà! Immense et brumeuse, nouvelle et toujours la même – elle au moins! Il respire à fond ses parfums; ça fait longtemps. S'il n'y avait tout ce monde qui continue d'arriver. Dieu merci, comme d'habitude ça s'agglutine autour de la chaise des sauveteurs, ce qui lui laisse le choix. Il enlève ses sandales et descend la dune, le sable entre ses orteils lui rappelle aussitôt d'autres bords de mer et ses bonheurs à deux, il se met à compter…, tant pis! Un peu à l'écart, pas trop, il laisse tomber sa serviette et s'agenouille, la place comme il faut, la replace. La frise des parasols ondule, tiens, les frisbees et les cerfs-volants sont rouges aujourd'hui.

Visant de biais la manière des autres, il s'installe dans l'axe du vent, le miniparasol qu'il a trouvé au studio bien calé dans le sable. Maintenant, appuyé sur un coude, un peu engourdi, il faudrait bien ouvrir quelque chose, un livre, une revue, sa boîte de noix d'acajou. Mais tout le distrait. Surtout les nouveaux qui arrivent. Le scénario pourtant varie peu. Un type s'amène le nez en l'air, les bras pleins, il balaie la plage du regard et s'affaire à prendre possession des lieux; arrivent ensuite une femme et des enfants dont on connaît déjà les prénoms. Le ménage s'installe. Les petits trépignent et braillent en pointant du doigt quelque chose, un sac, un ballon, la mer. Les pères se lèvent et vont jouer dix minutes, puis reviennent à leur petite affaire, à côté d'une femme en grande conversation.

Arnold déplie sa revue lorsqu'il aperçoit des baigneurs qui se hâtent en direction d'un attroupement. Il s'étire le cou, un accident peut-être? La chose semble paisible. Arnold met un peu de crème sur ses épaules et se lève, de toute façon il a envie d'une promenade.

Au centre du groupe, un genou dans le sable, le coude sur l'autre à la manière d'un peintre, exerce son art un constructeur de châteaux. Petit, sec, camisole claire et casquette sombre sous laquelle roulent quelques boucles grises, le nez long et la bouche mince, il a l'air sans âge d'un barbier italien. Après avoir entassé une pyramide brute de quatre pieds de hauteur, l'architecte a commencé par le haut, si bien qu'ayant dégagé le sommet de la tour et une première terrasse, il en aborde une seconde plus élaborée, qui sera suivie d'une troisième… Le dessin et les volumes sont précis, et les effets de relief, et tous les détails, chapiteaux, portails, arcades. Il travaille avec une truelle, une autre plus petite dépasse de la poche arrière de son short en jeans, à côté d'un pinceau étroit. Derrière lui, empêchant le cercle de ses admirateurs de se refermer complètement, un seau contient d'autres instruments plus ou moins singuliers. Ce grand enfant, se dit Arnold, n'en est plus un. Ayant posé un bloc brut, il en soustrait de la matière comme un vrai sculpteur, aucun enfant ne ferait ça.

C'est le château d'Éléonore pourtant, avec ses créneaux fabuleux, sa calotte ultime et son dais qui s'avance en forme de tente du roi, un château merveilleux de livre à colorier. Tout le corps de l'artiste se concentre au bout de sa truelle qui lui sert de spatule, un coup à la verticale, un autre à l'horizontale, chacun prélevant de petits pans de matière onctueuse, comme on achève de glacer un gâteau de mariage. De temps à autre, sans bouger la tête, il jette un coup d'œil rapide et croise le regard des bambins au premier rang. Il sourit à peine, mais ses yeux brillent. Des parents prennent des photos pendant qu'il poursuit, imperturbable.

Devant ce triomphe, Arnold éprouve le besoin de s'éloigner. Bientôt, il ne rencontre plus aucun baigneur. Mais l'artiste du sable le poursuit. Il imagine à cet homme un destin. Un *nobody*, se dit-il, sans famille, un balayeur à la petite semaine, employé à tout faire dans quelque conciergerie, qui sa vie durant n'a nourri qu'un rêve, être maçon comme son père et son grand-père, ou maître architecte, ou pédagogue, un homme qui en a assez de rentrer seul le soir, surtout l'été.

Une fois, une deuxième, Arnold se retourne et ne voit plus entre l'océan et les hautes herbes qu'une agglomération minuscule, quelques mouches sur la dune. Il se persuade de pousser plus loin, encore un peu, jetant un œil à la mer étale, sans bateau ni rien à l'horizon, la mer dont une première vague vient soudain lui rafraîchir le pied gauche. La mer tout à côté qui respire, s'enfle et retombe doucement comme un ventre de femme, laissant sur le rivage mousser un léger houblon, une mer de temps chaud. Arnold, est-ce possible, respire comme elle, enfin détendu. La vague revient, plus insistante, comme un jeu. Il marche les pieds mouillés en direction du but qu'il s'est donné comme terme de son périple, lorsqu'il aperçoit devant, sur sa droite, parmi tant d'algues et de cailloux anonymes, une éponge – ou un morceau d'éponge, il est difficile de savoir – roulée par la mousse, qui va et vient, monte et redescend lentement la pente humide et bien léchée. Arnold s'arrête, les mains sur les hanches, et observe la chose à ses pieds, avec ce sérieux, cet étonnement presque grave qu'on a facilement au bord de la mer. Cette chose semble si libre, oui, si heureuse. Elle s'est éloignée, elle a pris ses distances, elle ne veut pas rentrer. Elle veut prendre l'air comme lui, taquiner le destin, elle n'est pas un caillou, un morceau de bois quelconque, de coquille, ni même n'importe quelle autre éponge. Nous disons la mer, mais c'est un tas de choses la mer, plus ou moins avouables. Si on lui demandait, pense Arnold. Absorber, rejeter, transformer, c'est une vie, une vie cosmique! Voyons, ce n'est qu'une goutte d'eau dans la mer. Mais la mer, n'est-ce pas une goutte d'eau dans l'univers? Tout de même, combien en faudrait-il, de ces spongiaires, pour boire la mer tout entière? Si nous allions un jour nous promener au bord d'une monstrueuse éponge, saturée d'avoir bu toute la mer, assez pour qu'on y gambade et qu'on s'y roule sans risquer de sombrer... Arnold par deux fois secoue la tête comme si son fantasme avait commencé de prendre forme. La vague alors, hop! d'un seul coup de langue, avale l'objet. Tout autour, calme complet, rien ne bouge, aucune protestation, la mer a gagné. Que restera-t-il après la dernière éponge? Dans quel univers vient-elle d'entrer, dans quelle nuit? Comment savoir?

Comment savoir le destin des éponges qui retournent à l'océan?

Noyé de plénitude marine, il décide de renoncer à cette falaise que quelqu'un en lui s'était fixée comme terminus. Ah! l'air iodé. Renoncer commence peut-être par l'extérieur. Il ne sent plus son corps comme une coquille vide et cassante, il ne sent plus ses organes non plus, seulement un soleil voilé sur ses muscles. Il glisse sa langue sur son poignet, il a l'impression de goûter la peau salée d'un autre. Il se sentait les nerfs à fleur de peau, il n'avait plus de peau, il était écorché, et voici qu'il se bronze, il se tanne, le voici presque dur-à-cuir. «Je sentais trop les choses, il faut sentir "juste assez"», se dit-il. La plage des baigneurs se rapproche, et l'attroupement. L'audience s'est accrue, Arnold presse le pas. Le Figaro sculpteur a maintenant terminé la terrasse et le deuxième étage de ce château qui commence par le ciel, comme les vraies créations. De plus en plus de créneaux, d'escaliers à même la paroi, de portails, de plus en plus les allures d'une immense pâtisserie en sucre d'érable, immense quoique gracieuse. Le magicien s'empare d'un instrument inusité, une espèce d'échelle miniature, qu'il applique à l'horizontale sur la surface, posément, puis retire d'un petit coup sec, et voilà un nouveau rang de moellons bien réguliers, tiens, un autre encore. Cet artiste aime son métier, soit, mais pourquoi perdre son temps et celui de son public? L'instrument ajouré comporte un petit niveau en son milieu, et Arnold remarque que la truelle aussi, et la règle également. Le souci de perfection et l'art de simplifier, l'architecture universelle se trouve ici résumée. C'est alors que, dans l'après-midi sans tache, une vaguelette importune vient toucher le pied du maître. Arnold regarde autour, personne n'a bronché, le trouble ne se lit sur aucun visage. Est-il seul à se demander: ce château résistera-t-il plus longtemps que ne ferait le gâteau? Le créateur ne pourra pas achever, ne lui restent que quelques minutes, quelques secondes peut-être. En fait... En fait, secondes et minutes ont beau passer, Arnold doit se rendre à l'évidence : le maître connaît son affaire, cette vague était l'ultime pointe de la marée de l'après-midi, et le château est sauf – jusqu'à ce soir.

Tout à côté, deux jeunes Anglaises semblent aussi fascinées, davantage peut-être par l'homme que par l'entreprise. L'une suggère qu'il s'agit d'un champion se préparant à quelque concours. L'autre, avec un accent prononcé, répond sur un ton de lady frivole : « Oh ! tu vois, c'est peut-être une arnaque, un pickpocket, il détourne l'attention pendant que son copain fait les sacs de plage ! » Arnold décide de retourner à ses affaires laissées trop longtemps sans surveillance. Il met de côté sa revue et sort son livre, cherche à se concentrer, rien n'y fait. Étendu, le chapeau sur la figure, quelque démon l'assiège, l'interroge : sur les éponges et la mer, les châteaux qui résistent, les voyages, les gens qui les font, ce qui dure et ce qui s'achève. Comme si un secret était enfoui à même cette poussière de pensées. Les yeux perdus dans les pailles de lumière, Arnold se dit qu'il doit dormir.

Lorsqu'il se réveille, son premier regard court sur la droite. Ouf ! Le constructeur et son château sont encore là, l'un tournant posément autour de l'autre. Arnold accourt. L'œuvre est accomplie, avec ses quatre étages. L'architecte-concierge a sorti un râteau rétractable et dégage tout autour un domaine de sable labouré, donnant ainsi à l'édifice et ses nombreuses terrasses un terroir et des points de vue qui s'ouvrent virtuellement sur l'infini. Suspense. L'œuvre un instant semble osciller dans la chaleur, que va-t-il se passer ? Quelques pieds frétillent, un ou deux spectateurs toussent. Ah ! Enfin un crépitement timide parmi la vastitude et les flots, on applaudit, toute la petite foule sans exception. C'est ce qu'il fallait, l'homme recule vers son sac où il cherche de longues secondes, tous se regardent, on retient son souffle. Il sort enfin un petit appareil, se met à tourner autour du monument et prend le temps de faire sept, huit photos. Un autre silence…, non, Arnold n'a pas rêvé, il a bien vu deux ou trois mains levées. La star va répondre à ses admirateurs. Vient-il travailler souvent ? Normalement, c'est une fois par semaine, mais en vacances il revient presque chaque jour. Est-ce chaque fois le même château ? Oui et non. Il commence de la même façon, après, ça dépend de la consistance du sable, il improvise, change tel ou tel détail ; ça finit par se ressembler un peu…, pas trop. Arnold sourit, les fans sourient, l'artiste sourit. L'œil bleu vif a-t-il effleuré son pieux interlocuteur qu'il retourne aussitôt fixer son ouvrage. Depuis combien de temps fait-il cela ? Douze ans, répond-il du tac au tac. La question doit être classique. Une jeune femme brune, au beau profil de médaille florentine, s'approche, lui dit qu'elle est architecte, le félicite et lui demande :

– Les enfants sont fascinés, n'est-ce pas ? les adultes aussi…

Pour toute réponse, elle n'obtient qu'un fier silence.

– Les enfants, reprend-elle, quand ils vous ont vu, se mettent aussi à faire leur château, sauf qu'eux commencent par en bas…

– Eh, eh, ils se trompent de manière !

Et tout le monde de rire nerveusement.

Arnold retourne perplexe à son parasol. Il repense aux châteaux, aux voyages, aux hommes qui les font, aux photos qu'ils rangent dans leur portefeuille. Aux albums remplis de châteaux de sable éternels. Le soleil l'attend, maintenant penché, vaporeux. Il ramasse sa serviette, la secoue, se retourne, va-t-il courir à la mer ? Il balaie la plage du regard. Plus de baigneurs dans l'eau, à peine quelques petits groupes sur la plage, la brise s'est intensifiée. Les couleurs du ciel et de l'eau flirtent ensemble, grisonnent peu à peu, le sable est frais, l'air piquant. C'est l'heure où l'horizon se voile, l'intimité fait des progrès. Il songe à Bob et à Bernard qui ont attendu leur femme pour découvrir les bords de mer et qui en ont le même goût. Oui, il ferait bon jouer à la pub, courir tête première dans la vague en se tenant par la main.

Les vacanciers, les grands, les gros et les petits, achèvent de prendre congé, les bras chargés de plastique, de toile et d'aluminium. Si personne ne reste…, se dit Arnold. Se retournant d'un coude sur l'autre, qui voit-il là-bas gravir la dune? L'Italien et sa ceinture, son seau, ses outils, son râteau, répartis autour de lui comme un précieux butin, véritable saint Christophe portant le secret de la fabrication d'un monde. Le petit barbier s'amène, de plus en plus majestueux, pendant qu'Arnold effectue un zoom et aperçoit, par-dessus l'épaule sanglée, le chef-d'œuvre là-bas, toujours cerné d'admirateurs. D'un pas ferme, un vague sourire aux lèvres, l'artiste passe, fait un signe de tête – ou est-ce Arnold qui rêve? – et continue à gruger la pente qui mène vers la sortie, sans se retourner. Au loin, quelques admirateurs sont restés et font chorus autour du monument, n'osant toujours pas franchir la limite réglementaire. Arnold se dépêche, il veut voir ce maître du quattrocento, ce demi-dieu redevenir obscur quidam. Dans quelle maison vit-il, quel autobus prend-il ainsi chargé, pour quelle destination? Parvenu au sommet de la dune où le continent asphalté avec ses flèches et ses signaux reprend ses droits, Arnold retrouve son homme qui marche en direction d'un vieux *camper* rouillé, véritable survivance de l'époque *peace and love*, derrière lequel il disparaît. Voilà! Les pièces du puzzle se complètent, l'existence pour une fois se referme sur un sens cohérent, Arnold enfin se sent réconcilié. Soudain, le *camper* au pare-chocs pendouillant vibre de toutes ses tôles et démarre tant bien que mal, révélant le Michel-Ange des bords de mer qui sort sa clef, flanqué d'un bolide inouï, un de ces batraciens dont le gris métallique étincelle. Sous les yeux d'Arnold éberlué, l'artiste ouvre le coffre, range prestement ses accessoires et met le contact, le coupé bondit en ricanant comme s'il voulait mordre l'air salin, laissant la place déserte sous un mirage de dunes, de pins noirs et de ciel laineux.

La mer, fallait y penser. Tu la regardes, elle te regarde. Le reste…

Il se couche tôt et passe une nuit acceptable.

7

N'empêche, Arnold au réveil procède au mensonge nécessaire du jour qui s'ajoute. Plus le chiffre des jours écoulés grossit, moins la ruse paraît, le faux est devenu vrai, la vie peut continuer.

Elle reprend, oui, l'angoisse au cœur. Il pense à *Heidi*, film chéri de son enfance, Heidi qui s'ennuie de ses montagnes et qui en tombe malade. Comment transporter ses montagnes à la ville, comment transporter son monde avec soi ? Au moins il sort. Il a mieux déjeuné que d'habitude, le soleil est encore haut, il se sent un peu mieux. Faisant halte dans un kiosque de journaux, il feuillette du bout des doigts une revue, la dépose, en reprend une autre… Le vendeur se pointe tel un requin : « Ah ! toucher sans payer, être comme vous, moi, monsieur… » Le squale lui enlève presque le magazine des mains, le replace nerveusement en regardant ailleurs, l'œil opaque comme des boutons de bottine. La mimique, l'air affairé, tout y est. Arnold a beau flairer le numéro appris par cœur, il reste là, décontenancé et furieux à la fois, une fureur cuisante. Le snob blasé de Boris Vian enverrait chier cet impoli. Pas lui. Un déraciné n'a plus ce réflexe, ce réflexe urbain. L'émotion est lente et pesante. Il suffirait de si peu, il suffirait de remettre ce guignol à sa place pour que tout change, oui, il suffirait d'être guéri pour être bien portant. Arnold reprend sa route; un œil averti pourrait déduire sa tristesse à l'insolite raideur de sa démarche.

L'ennui et l'ennui « de », ça n'a rien à voir. Dans l'ennui, il y a trop de moi, rien ne le remplit. L'ennui « de » au contraire : il y a trop d'objets et pas assez de moi. Il faut consister pour être blasé.

Ne peut-il aller au bout de sa fuite, louer cette voiture qu'on annonce sur l'affiche, lâcher cette ville où il s'emmerde tant! Le bout, le bout de quoi, de qui? Et puis, rien que d'y penser: faubourgs, autoroutes, poids lourds, stations-service, restos routiers, usines, toutes ces « infrastructures » à traverser, l'horreur dans l'horreur! Ces lieux de transfert où tant de mauvaise humeur lutte et se hâte, cette vie épaisse, odorante, délurée, cette colère trop légitime, et même, si ça se trouve, cette joie trop bruyante de ceux qui font irruption dans un relais et n'en ratent pas une pour qu'on sache qu'ils sont arrivés, qu'ils sont au centre et vous à la périphérie! Des types qui en dehors de leur routine ne s'aventurent jamais sans leur famille, leur fiancée ou leurs potes, qui respectent la loi et le curé.

Les autres, lui, personne n'est responsable, c'est « entre » que ça ne va pas. Entre passé-présent, entre intérieur-extérieur; une affaire de matrice. Pourquoi diantre est-il parti? il était si tranquille. Pour s'occuper, comme tout le monde, comme les fourmis? Un mal de la demeure; il est demeuré. Avoir perdu la douceur de parler, qui va croire cette histoire? Le genre d'histoire que Denis et Jean, amateurs d'absurde, aiment raconter: un type rentre un soir comme tous les soirs, il ne trouve plus sa place autour de la table, il bredouille, les autres convives toussent, s'impatientent, lui signifient que ce n'est pas sa table ni sa maison, personne ne le connaît, pas question qu'il s'assoie, la porte et vite, ça presse! Pourtant, combien d'artistes célèbres n'ont pas voyagé; se demande-t-on pourquoi? Arnold s'amuse quelques secondes à imaginer Faulkner en Bulgarie, Baudelaire à Roberval, Flaubert à Las Vegas ou bien Socrate à Morin-Heights, Heidegger dans le Tennessee. Sans parler de tous les exilés avec leur visage d'enfant égaré.

Devant une église, il s'arrête et pousse la porte. Plus pour la paix que pour la culture. Cette paix ne vient pas à lui. L'odeur et l'atmosphère sombre le mettent mal à l'aise, le chemin de croix s'en mêle. À la sortie, la lumière le blesse, il porte sa main en visière, un flash lui vient, quand il s'élançait avec ses amis sur les trottoirs de Pâques après le confessionnal, l'odeur d'encens plein les narines – comme ils se sentaient libres! Il débouche encore étourdi sur une place achalandée, sans ses amis, surgit alors une moto, un messager qui fonce, zigzague, se faufile, oscille de gauche à droite, un pied effleurant les pavés, véritable torero dans la corrida automobile. Le jeune homme se stationne, pousse la béquille de son engin, enlève son casque puis regarde autour en secouant sa crinière, quel salut! quel panache! on croirait entendre les cris de la foule. Arnold songe à Montréal, à l'air hautain qu'il retient mal devant les touristes plongés dans leur carte touristique.

Mentir, prendre la pose. Devant quelqu'un, même pas, devant personne. Être pris dans ses poses, se déprendre, les reprendre. Parfois, s'en reposer un peu. Tout est là. Toutes les vies sont des voyages, pas besoin de partir pour ça.

Le vent monte de la mer, la nuit descend d'un square à l'autre. Il se dit « c'est beau », il pense « c'est bien – un autre de gagné ! ». En essayant de se rappeler l'horaire télé de la soirée, il s'arrête pour acheter du lait. Pour la xième fois de la journée, il fouille sa poche, et cela le frappe.

Le « petit change » si bien nommé. Ça ne balance jamais. La monnaie, si on te la remet comme cette boulangère faite au tour – mais faite ! – avec son sourire, son « assent » et ce petit frottement d'ongles dans la paume... Alors tu rentres en dette. Il aurait fallu que je re-sourie, et qu'elle ensuite... Cette vie faite d'envies.

8

Arnold s'est acheté un appareil photo jetable, qu'il oublie chaque fois qu'il sort ; l'appareil le regarde le soir avec un air de reproche. Ce matin, il part pour une double destination. D'abord, la corniche. Le car est plein, évidemment. Première halte, il descend puisque tout le monde descend, et il comprend pourquoi : voici un de ces lieux de passage obligés que son guide appelle « point de vue ». Frôlant la tête des pins au premier plan, une baie et ses tartanes s'offrent en plongée, nimbées d'un bleu crémeux. Arnold sonde en maugréant les recoins de son sac, où traînent pêle-mêle vitamines, aspirine, comprimés relaxants, bandages adhésifs, dépliants touristiques, revue en lambeaux, lorsqu'il entend sur sa droite un étrange trémolo, mi-gazouillis mi-bombe à retardement. Là, juste à côté, se dresse un type, un vrai. Un homme en mission, un homme du maquis avec sa veste de toile ornée de pochettes, les unes fermées, les autres ouvertes. Le coude droit levé, il ne travaille que d'une main, la grimace de circonstance, l'œil vissé sur une impressionnante machine aux jolies striures nickelées. Voilà un tireur d'élite. Arnold remarque le short aussi, avec d'autres pochettes, les mocassins de qualité, la prestance, ce n'est pas n'importe qui, et on ne le trouvera pas n'importe où, dans le vent seulement. Il semble viser la baie, puis, comme s'il changeait d'avis subitement, il braque son arme sur un groupe de jeunes Espagnoles qui mangent leur sandwich et chahutent au bord du remblai, et on entend le cri strident de l'oiseau qui s'envole. Il ne s'agit pas du photographe cucul satisfait d'un pittoresque de bon aloi, non, voici le voleur hypocrite des beautés sur le vif, l'auteur d'une œuvre personnelle. Puisque c'est comme ça… Arnold fait semblant de choisir un angle avec son appareil de carton tout en visant l'étudiante la plus près, celle dont la chevelure jaillit comme une fontaine et qui rit fort en nouant et dénouant ses genoux pointus. Elle jette un œil furtif à l'aventurier, lequel s'interpose de la façon la plus agaçante, et l'oiseau voleur fait à nouveau entendre ses petits cris redoublés. Arnold va tirer sur cet homme, lorsque la belle enfant se tourne et le gratifie de son sourire andalou, il a son premier réflexe du voyage, il déclenche et à jamais emprisonne la jeune fille devant la mer.

Mais il était sorti pour autre chose. Les ruines, celles mêmes qui figurent en médaillon sur la carte postale qu'on trouve un peu partout. Les jeunes veulent rester, le guide parle au chauffeur, l'autocar repart et dépose Arnold vingt minutes plus tard sur le site en question, un jeudi, pratiquement seul.

Il commence par tourner autour des vestiges vénérables. D'abord, les sentir, les humer. Les mains dans le dos, la tête vide, il s'arrête, ferme les yeux, imagine ces ruines quand elles étaient murailles; les fantasmer avant de les sentir. Sous ses paupières mi-closes, des hommes vont et viennent sur les pierres fraîchement jointes, il entend des cliquetis d'armures sur fond de ruisseau, renifle une odeur de poudre, de futaies, de taillis frais coupés, guerre et paix se tiennent compagnie. Se laisser imprégner par ces arêtes de jadis qui font désormais le dos rond, par ces mâchicoulis en fleurs d'où ruisselait le plomb fondu. Mille ans plus tard, tout s'est ramolli, attendri. Il n'y a que les châteaux de sable, se dit-il, qui sont éternels. Il va d'un mur carolingien à l'autre, cherchant tantôt l'ombre, tantôt la lumière, colle sa joue à la paroi pour sentir la patine des siècles, se penche pour discerner entre les dalles la part de l'art et celle de l'humidité. Même les brindilles et les herbes qui lui piquent le mollet sont ici vénérables. Il cueille une tige, la porte à sa bouche comme il fait souvent chez lui. Le goût en est sec et rance, il a l'impression de sucer la moelle du temps. Parfois, il s'accroupit pour saisir un angle, pour dramatiser, la découpe de cette arche sur fond de ciel par exemple, il revoit l'*Othello* d'Orson Welles, imagine le film d'art et d'essai, ciel noir, pierre piquée de mille grains, enchaînement de plans audacieux, partition métallisée et dramatique à la Stockausen. Il avance, recule, bute parfois sur quelque aspérité, ou bien se cogne le dos comme on fait dans un musée, excusez-moi, et il repart de plus belle, Tournesol hagard auscultant cette immense pierre ponce où l'âme vient s'adoucir. Arnold en a les paupières humides. Un oiseau piaille, un feuillage remue, les pierres restent, les pierres sont.

Soudain, son œil achoppe sur un bloc en saillie, là-haut à gauche, dont la moitié donne, adonne dans le vide. Le pan de mur éventré sous lui décrit un grand arc remontant vers la droite, qui dévoile du coup l'intérieur de la cour. Ce n'est qu'un morceau de pierre en porte-à-faux, mais ça insiste. Tombera, tombera pas? Dans son combat millénaire contre les pluies, les vents, battu et rebattu, ce bloc a tenu bon. Il a voulu se distinguer, Arnold le distingue, le reconnaît. Le voici qui prend à ses yeux une importance que l'austérité des lieux ne fait qu'accentuer. De quelle escarmouche, de quels pillages ou incendies est-il le survivant, lui et sa posture suicidaire à une dizaine de mètres dans les airs? Quel est son point de vue sur les choses, lui et ses mille étés, ses cinquante mille vendredis soir; en un mot: quelle vie mène-t-il? Arnold aimerait s'approcher, le toiser, le dévisager. En ce bloc le destin du mur se résume. Les hommes qui l'ont posé étaient-ils jeunes, mariés, pensaient-ils faire l'amour ce soir-là, avaient-ils voyagé, avaient-ils voulu se distinguer, allaient-ils bientôt mourir? Comme tout cela maintenant a peu d'importance! Certes, mais s'il n'y avait que cela qui ait de l'importance, être et se désagréger, tracer et devenir une trace. Un bruissement dans les herbes folles le fait sursauter, quelque chose de gris et jaune, oups! déjà disparu. Un lézard, une vipère? Une vipère! Il l'a lu quelque part, ici parfois les rencontres à la campagne sont dangereuses. Après tout, il avait terminé. Dans l'autocar, il ouvre son sac et aperçoit son appareil photo cartonné! Il secoue la tête de façon répétée, et son voisin, s'il en avait un, l'entendrait siffler «espèce d'idiot!». Il sort son crayon. Le véhicule à cet instant s'ébranle, le crayon reste suspendu. Il range tout et fixe l'horizon à travers la fenêtre, il se dit qu'il fixe.

Une fois rentré, il se reprend:

Fixer. Comme nous aimons fixer. Pourquoi? Pour qui?
Ma voisine (que je devine derrière l'écran givré qui sépare nos balcons) a un chien, une espèce de petit bouledogue noir et blanc. À force de le voir se pointer

le museau sous la cloison, il me donne envie de sortir. Après ma visite au château, je tombe sur eux en plein carrefour. Elle est, soit dit en passant, plus jeune et plus jolie que je croyais. Une décapotable s'arrête au feu rouge, un caniche très rose jappe à cheval sur la portière, saute à terre et vient renifler le derrière de mon ami qui lui rend la pareille. Comme nos frères animaux fréquentent facilement!

Arnold se prépare un repas froid, qu'il mange devant sa télé où une petite neige tombe sur les palmiers.

9

Tantôt, ça a été un coup de poignard. Il voyait des gens bavarder au sortir du bureau et se lancer de joyeux « à demain! ». Ce terrible petit « à ». Une autre de ces particules qui changent tout comme « entre », ou « assez ». L'essentiel, ce n'est pas demain, ni même aujourd'hui, c'est l'espace euphorique entre les deux, la vie quoi! Arnold le sait bien, qui chez lui est le virtuose de ces fins de journée, le roi du temps perdu. À eux le petit à, la bouteille de vin, le match, le film, l'amour. À eux l'intervalle chéri, à lui le hoquet. Parfois, il fonce dans la foule, bras tendus, poings fermés, comme tenaillé par ses intestins. Il fait mine d'entrer dans un café, revient sur ses pas, piétine. Il ne contient plus rien, il dissocie. Il essaie de se parler, de se mentir, il ne s'entend même plus dire *je*. Il faut faire quelque chose, n'importe quoi, crier, téléphoner, oui, téléphoner, Gisèle doit être rentrée, elle peut comprendre peut-être… Peut-être, peut-être pas. Leur relation est jeune, ils n'ont pas du tout ce genre de rapport, la moindre ambiguïté serait déplacée. Et puis, la besogne d'appeler, ce qu'il faut demander, à qui, comment, ça le décourage d'avance, il préfère croire qu'il pourrait s'il voulait, si c'était vraiment urgent. Il s'arrête en sueur, prend son portefeuille et en tire quelques photos.

Dans les environs se trouvent des tennis, des beaux. Les numéros de Bernard et Pascal lui viennent à l'esprit, mais ils ne traverseront pas l'Atlantique pour un set. Un jour qu'il se sent mieux, il enfile short et chandail et fourre sa raquette dans son sac de voyage; le manche dépasse, il peste d'avoir oublié son vrai sac, tellement plus sérieux. Il s'approche des lieux à pas comptés. Sur le premier court, un joueur d'un certain âge, la cinquantaine vieillissante, joue avec une belle blonde bien en chair. Tous deux ont la dégaine et le teint de ceux qui jouent à longueur d'année. Lui est racé, soit, mais raide. Debout, Arnold regarde, raide lui-même, n'osant pas s'appuyer, encore moins s'accrocher des deux mains au grillage comme il ferait normalement. Ce type ne sait pas jouer, sa prise de raquette est bâtarde, ses gestes trop saccadés, quant à son jeu de pieds… «Il commet des erreurs de base, pense Arnold, il devrait stopper avant sa volée, il les rate toutes», et cette pensée le réconforte. N'empêche, il a l'air sympathique, le genre de joueur qui frapperait des balles avec n'importe qui, un type dont le tennis remplit la vie. Un type qui espère; il espère jouer mieux et il a raison, on s'améliore toujours un peu, de façon asymptotique, se dit Arnold avec un méchant sourire. Pourtant il a vu semblables joueurs être difficiles à battre, le zèle et l'amour sont difficiles à battre. Avec Gisèle, qui a des dons, il fait semblant d'échapper une balle de temps à autre pour la mettre en confiance. «Je ne peux jamais briller devant personne, songe-t-il le temps d'un soupir, ni ici ni à la maison.» Il allait dire «ni là-bas», ça lui est venu un quart de seconde, cela aussi le fait sourire. Pendant que la belle joueuse commence à rater de plus en plus souvent, il observe cette poussière ocre, si fine et grasse, il imagine les arabesques de ses chaussures effleurant la ligne de fond sur la pointe des pieds, dans les matchs à Roland-Garros cela vous fait de ces toiles abstraites ! Le joueur jette de temps à autre un œil en direction d'Arnold qui pense : il se demande si j'appartiens au club. Non, rien qu'à voir comment il réclame une balle sur la terrasse, il est gérant ou propriétaire, il fait ce qu'il veut ici et il veut jouer. Arrive un smash, entre un cri et un éclat de rire, la balle sort du court. Elle roule dans l'avenue, Arnold s'élance aussitôt. Le type s'est avancé contre le grillage et lui sourit de façon engageante. Arnold, au lieu de lancer la balle par-dessus, la lui donne de main à main côté terrasse comme une petite fille : « Merci ! Écoutez, si vous voulez…, sans façon n'est-ce pas ? » « Non, non, je passais… », répond Arnold sur un ton de ventriloque, et il s'éloigne, une morsure au cœur, comme un amoureux déçu. Il revoit ses derniers matchs en double de l'été, il revoit les joueurs aperçus du haut des airs avant l'atterrissage. Tant pis, il doit rentrer bientôt, il a bien d'autres choses à voir.

Le lendemain, il s'apostrophe au lever : « Ça suffit ! » Il prend la direction de l'agence de voyages. Un week-end, le temps que la pression baisse. Deux jours, mais pas plus. L'excursion des « lacs », c'est la plus courte et on part samedi. Au moment de payer, il se sent tout drôle. Deux jours mais pas plus – pourquoi donc ? Cette impression le poursuit sur le boulevard. Est-ce possible, est-ce bien cela qu'il entend, cette petite voix qui dit « pourquoi quitter ton studio ? » et qui anticipe déjà le moment de son retour. Le billet sous le menton, il note en vitesse, pris d'un rire nerveux :

Observe, observe, souviens-toi de ces instants, des détails. Pensais-tu qu'un jour il faudrait te « détacher » de ton studio ? Cette excursion est-elle nécessaire ? Mais pour garder cette impression, y a-t-il un autre

moyen ? Savoir s'attacher, savoir se détacher. Savoir
mûrir, savoir mourir. Si on sait, on sait tout. Sinon…

Arnold marche en respirant, respire en marchant,
comme tout le monde. Au coin d'une rue, il s'arrête,
s'assoit, sifflote ! Quelle force il faut pour siffloter ! Il
sent la chaleur du banc contre son dos, un palmier le
provoque dans la brise marine, c'est beau un palmier, se
dit-il, en desserrant les mâchoires. Un peu plus loin, il se
met à rire d'un rien. Il renoue avec le ridicule. Quelle
force il faut pour rire ! Est-ce qu'il rêve ou il va bâiller, ça
fait combien de semaines. Il suit le trajet de l'air tiède
jusqu'au fond de ses poumons. Il regarde la foule, puis
autre chose et une autre, il entre et sort, il voyage.

Une habitude ? C'est simple, c'est une peur surmontée.
Quand on a respiré la première fois, marché la pre-
mière fois, monté à bicyclette, embrassé la première
fois… Nos plus grandes jouissances ? – des angoisses
apprivoisées.

Rentré dimanche soir de son périple, Arnold relit
ses notes avant d'éteindre.

Six heures trente du matin ; sur le trottoir devant
l'agence, ondée à boire debout. Le car surchauffé qui
sent la laine mouillée. Des vieux couples, quelques da-
mes dans la soixantaine, des veuves lassées d'être seu-
les, comme moi. Avant la pause de 9 h 30, tu t'es offert
deux dames pour le prix d'une, la conversation allait
« bon'e train ». A beau mentir… Pour le lunch, j'ai fait
relâche, la socialisation a ses limites. C'est le soir à
l'arrivée que j'ai tout raté. La jeune fille et sa mère-
grand ; joli tableau que je n'avais pas remarqué à cause
du bus à deux étages. Pendant l'enregistrement au
comptoir, le chaperon rouge s'est mis à l'écart sur le

petit pont tout près de l'auberge. D'homme le moindrement jeune autour, il n'y avait que moi. Alors? Ça n'a pas mal commencé, tu l'as même fait rire. Mais ensuite, vraiment... Tu n'avais qu'un souper, un seul. On distribuait les chambres, fallait t'accrocher, dire quelque chose, ton premier repas accompagné depuis vingt jours, entre la grand-mère et une Juliette de plus en plus romantique, le luxe! Pauvre cloche, j'aurais aimé voir ton air en entrant dans la salle à manger: «Une table de rentiers marseillais pour monsieur?» La promenade avec elle au bord du lac, tu te rends compte... Au lieu de quoi, elle s'est défaite, ta soirée, tentatives avortées les unes après les autres, même pas, tentations de tentatives. Tout ça pour éviter d'avoir l'air pesant. Il t'est resté le petit-déjeuner du lendemain. Elle avait les yeux pochés, comme tu les aimes.

10

Lundi de bonne heure, Arnold sort d'un pas entreprenant, sa dernière excursion. Il paraît qu'un beau promontoire l'attend, qu'il n'a cessé de reporter au lendemain, pour avoir un lendemain. Sitôt entré dans le parc, il le reporte encore: d'abord ces palmes, ces cyprès, ces platanes dont les têtes glissent en douceur dans le ciel à mesure qu'il avance. Suivons tranquillement les boucles des allées, un cap, ça se prépare! Il entend ce voisin de campagne qui lui avait confié avant son opération: «C'est dommage, je *commençais* à savoir marcher sur mon terrain...» – et qui n'avait jamais terminé son apprentissage. Le sol s'incline, le vent s'objecte. Il l'attaque, le vent, il l'avale, le vent est tiré, il faut le boire! se dit-il, de bonne humeur. Il débouche sur le sommet et là, il l'aperçoit en contrebas, il la retrouve, elle, la mer! Toute nue, étendue au soleil. Qui tantôt frissonne, tantôt emmêle et défait ses courants. Les yeux grands ouverts, il l'embrasse comme *sa* mer, une et multiple. Il la sent comme elle doit être sentie du point de vue d'un cap qui s'avance en elle. Il entend les échos de ces voix qui viennent d'ailleurs, ou plutôt d'ici justement, qui ont soufflé depuis toujours à son oreille : « La mer, qu'on voit danser… », « la mer, la mer toujours recommencée ».

Mais il y a des broussailles et une balustrade qui l'empêchent d'approcher. Il se penche, il piétine. Sur la gauche, la végétation s'épaissit, des pins, beaucoup de pins dans lesquels un sentier sauvage va disparaissant : il s'y engage. Ce chemin de terre goûte si bon, Arnold s'étonne de le voir désert. On se croirait dans une serre du Jardin botanique, il s'enfonce, plus longtemps qu'il n'aurait cru. Il ralentit, hésite, revient sur ses pas, ce n'est pas le moment de se perdre. Mais quelque chose insiste, encore quelques mètres. Encore quelques mètres et l'allée tourne à droite, la végétation s'affaisse, et alors… C'est l'attaque ! Éblouissement ! Aveuglé, il regarde ! Émerveillé, il voit ! Le ciel et la mer partout, nulle part ! Un seul rideau continu ! À droite comme à gauche, en haut comme en bas, partout ! Un ciel d'avant la terre, une image d'avant la couleur, ça lui pétille plein la face ! Cette « chose », est-ce en lui ou hors de lui ? Les pores de l'air éclatent, la lumière refuse de se poser, elle fait mal. Au centre de tout ça, il se sent au centre, mais tout petit, si petit. Le voyage était fait pour arriver là. Exalté, fou, énergisé, immortel. Il aimerait quelqu'un à ses côtés, une femme, pour lui parler comme un homme, un homme, pour lui parler comme une femme, il ne sait pas trop, un enfant, pour lui parler comme un enfant. Un grand oiseau passe et crie en virant sur l'aile. Arnold ferme les yeux, le feu demeure, il les rouvre lentement, très lentement. Les vagues en bas viennent mousser blanc sur les récifs. Il a envie de se baigner. Il s'imagine de leur point de vue à elles, cette espèce de pou là-haut qui croit tout contenir. Il pense : on a beau dire, voir, ce n'est pas un sens, c'est… Voir, c'est avoir raison, avoir *le* point de vue, être au centre. Jamais au grand jamais autant que maintenant. Il se répète : « Je ne peux plus oublier ça. » Il n'aurait pas dû. Il suffit de parler parfois et ça vous affecte. L'émotion dès lors retombe, on se remet à prévoir. Bientôt, il va se souvenir.

Ah ! le luxe de la nostalgie. Quand le maintenant n'est jamais assez long… Quand on peut se retourner et regretter.

Au retour, il décide de s'attarder – mot sublime. Dans le parc d'abord, puis sur la célèbre Promenade, pour ce bel agencement, et ce rose orangé sur la façade des palaces. Devant un restaurant-terrasse, il entend du piano, la parade de Ravel qu'il reconnaît, un vieux soixante-dix-huit tours que son père, très soldat et un peu mélomane, faisait jouer les dimanches d'été. Pour la première fois après des semaines, il habite le lieu, il entre au port : les palmiers de Nice, le piano de Ravel et les Matisse autour. Il monte sur cette terrasse clairsemée et va jusqu'au fond du restaurant, le serveur lève le doigt et le menton, Arnold ressort et s'installe exprès à une autre place. L'homme arrive, le menton toujours levé. « C'est bien du Ravel qu'on entend, non ? » demande Arnold – « Aucune idée, monsieur. » Il ne s'en fait pas et commande une salade, un poisson, arrosés d'une demi-bouteille de vin du pays.

– On'n dirait un Gascon'g ! laisse tomber le serveur en se détournant.

– Ah tiens, on dirait un Garçon ! lui réplique vivement Arnold, qui trouve tous les accents merveilleux.

Il pousse son fauteuil de paille vernie et s'y renverse comme dans un lit.

Arnold le matin ne ferme plus son divan et n'ouvre plus guère son carnet.

Le dernier dimanche, il rédige une liste d'obligations : une ou deux sorties « culturelles », quelques souvenirs, livres, disques… Il a fait ses valises au fur et à mesure qu'il terminait une petite lessive, se réservant un musée pour le mercredi. Une journée toute bleue, une église de lumière. À la sortie, gravissant les pierres brûlantes du petit village qui a vu naître et travailler ce grand peintre, il s'arrête pour souffler et sort son crayon :

Je me disais : toutes ces ruines et ces panoramas, ces églises, ces ruelles plus pittoresques les unes que les autres, c'est bien beau mais la vraie vie est ailleurs. Je me disais : y a-t-il plus triste que cette employée et ce garçon parmi ses tables, haut lieu touristique ou pas ? La même impression qu'à Venise il y a cinq ans : as-tu vu à quelle vitesse ils la fuient la Cité des Doges de l'autre côté du parapet !?

Très bien, la vie est ailleurs, mais où ? La routine, est-ce donc mieux ? N'as-tu le choix qu'entre l'ennui et l'ennui de… ? Regarde bien. Lorsque tu tombes en librairie sur un livre inespéré, tu ne le lis pas, tu le tâtes, le soupèses, le mets sous ton bras en faisant semblant de chercher un autre livre, ensuite tu rentres, tu t'assois, non, tu fais autre chose, de préférence quelque chose d'emmerdant, pour mieux déguster en attendant, pour déplier l'impression du « tout à l'heure » où tu vas lire, même pas, feuilleter d'abord. Plaisir égale tenir à distance. Donc égale refus de jouir ? Non. C'est l'excès d'émotion qui tue le jouir. Le plaisir, lui, a besoin d'un écart, le petit écart. Un jour tu vas dire que ton voyage a changé parce que tu as pris une décision, mais tu n'as rien pris du tout ; quelque chose s'est dépris simplement, comme un embâcle. Un écart s'est insinué. C'est pourquoi tu vas repartir un jour. Du fond de ta routine, des mots

*et des images vont jouer les sirènes et tu vas partir de
nouveau. Tu partiras pour jouir, à la place tu seras
ému. En un sens, oui, tu as le choix entre l'ennui et
l'ennui de...*

Arnold dépose son crayon en faisant la moue.

11

Ces derniers jours, il avait rouvert ses valises, laissant
même traîner des choses, ayant plus urgent à faire.
Aujourd'hui, il les boucle en vitesse ; de toute façon,
oublier quelque chose sur ce continent serait plus
définitif mais moins grave, ne s'en va-t-il pas tout retrouver ? Pas question de prendre le premier bus, il
consacre ses deux dernières heures à refaire sa première
promenade jusqu'au pain bagnat, oui, la refaire : les
mêmes gestes qu'il avait regardés devant le café, il ne
fait que les voir, les motos pétaradantes qu'il avait
écoutées, il ne fait que les entendre, il ressent tout et
rien, juste assez, et jusqu'à l'hidalgo qui arrive, hésite
et se tasse sur son chemin. Arnold sourit en se disant :
je me souviens...

En route vers l'aéroport, il se dit qu'il devrait pester
devant ce petit jeudi grisailleux. Sans succès. Il va ouvrir
son carnet pour noter une idée sur les « comme si »,
mais bon, dans ce bus vide, le temps est venu de décoller
les pages de son magazine dont quelques grains de Côte
d'Azur tombent sur ses genoux. Il se rappelle avoir vu
ceci, cela, tiens, pas ça, il faudra revenir, cinq semaines,
c'est court. Il est surtout attiré par un extrait d'entretien, ou de correspondance, c'est mal indiqué, de cet
écrivain américain que Jacques et Pascal aiment bien,
un globe-trotter dont les livres lui sont passés entre les
mains combien de fois et qui vient justement d'entreprendre le « long voyage » :

… ce que j'aime? Je vais vous surprendre, c'est de rentrer chez moi! Tous ces gens qui survolent la planète comme si c'était l'aventure des temps modernes. Enfin, on a l'héroïsme qu'on peut, et supporter tant de gares et d'autocars, c'en est un! N'oublions pas que le voyage déclasse encore, il coûte cher, c'est son côté initiatique: comment, tu n'es pas allé à X, Y, Z? Sauf qu'avec l'âge… Tous ceux qui partent sans en avoir envie. Savez-vous que dans les bureaux d'affaires, on se bouscule pour ne pas aller à Détroit, Dallas, Portland… D'accord, les jeunes se souviennent plus de leurs voyages que de leurs classes, parce qu'ils oublient vite: le quart du temps est drôle, les trois autres quarts sont une crampe, ce qui est pire que la moyenne de l'existence! Une prédiction? Le cinéma va nous remballer tout ça, on va de plus en plus jouir sur place. C'est déjà commencé, les vedettes ne veulent plus quitter Hollywood. J'étais pareil, c'est la fluctuation du désir. Tenez, regardez là-haut. Voyez-vous? Lorsque les clients d'une terrasse voient passer cette poussière de craie et ses 300 voyageurs, qu'est-ce qu'ils disent? La même chose qu'en haut: «Regarde s'ils sont petits!»

Arnold dépose sa revue: «Lui aussi a menti toute sa vie. Pourquoi est-il mort, j'aurais pu lui écrire.» Il lève les yeux; les gouvernails géants des traceurs de craie se dressent dans le paysage comme des étendards.

«Tous les oiseaux tôt ou tard atterrissent», fait-il tout bas en regardant sa montre. Assis à droite à l'arrière, Arnold se félicite d'un retour hors saison qui lui procure deux sièges, et même trois. Dans la pénombre climatisée, le sirop contre l'anxiété achève de défiler son générique. On entend les sacs des écouteurs se froisser, les corps s'étirer, bâiller, et tout le brouhaha coutumier, la ruée du troupeau en chaussons vers les toilettes. Trente-cinq jours plus tôt, faisant semblant de regarder par ce hublot, que pensait-il? Une voix répond: ce qui se passe, ce qui se pense à cette place, par ce hublot, à longueur d'année, toi ou un autre, quelle différence, du moment que la place est occupée. Il se tasse sur lui-même.

Il aimerait changer ce survêtement pas sérieux, mais faire le pied de grue vingt minutes, non merci. En attendant la collation, il n'a plus guère le choix : à gauche ou à droite. À droite, les nuages. Qui s'étirent à l'infini, qui montent et descendent suivant la valse discrète de la carlingue. Les nuages sur lesquels s'est comme déposée l'aile, et son aileron qui tremble légèrement, irréel, fragile, on dirait un modèle réduit. Les nuages en avion lui ont rendu maintes envolées supportables. Un lit plein de fantasmes, un décor shakespearien, une après-midi d'enfance quand les persiennes sont fermées, « vous êtes mieux de dormir ! », une cathédrale de lumière, et plus encore – le point de vue de Dieu le met dans tous ses états. Parfois, leur masse considérable semble s'effondrer, un ciel grand bleu monte les remplacer, puis les voici qui reprennent position. Ceux d'aujourd'hui sont joyeux et ouatés. Du moins ils l'étaient, car déjà ils s'enflent, se regroupent, s'élancent et foncent sur l'appareil ! Arnold attend l'assaut, il l'espère… Déception. L'avion ne se posera même pas dessus, on ne descendra pas pour s'y étendre, y jouer ou en manger. Les nuages déçoivent, on dirait que c'est leur métier, pense-t-il, personne n'entre au ciel de son vivant.

À gauche, l'autre merveille, les genoux de l'hôtesse qui viennent se reposer, s'offrir, de l'autre côté de l'allée. Pour les observer, il doit en quelque sorte annuler le jeune étudiant français un peu perdu assis un banc derrière et dont il avait tiré quelques phrases au décollage. Qui, malgré sa réserve, n'avait pas fui le contact ; Arnold avait senti qu'il n'était plus très certain de son projet. C'est ce qui le retient, la lourdeur du contact, il se sent maintenant si léger. Les nuages à nouveau l'attirent. On a traversé une couverture filamenteuse, un plateau dense et cotonneux s'étend plus bas, à perte de vue, mais c'est en face, à une distance…, ou plutôt, dans un espace sans distance, que se dresse une structure bleutée, effrayante de clarté, toute debout, qui semble s'engendrer d'elle-même à chaque seconde, produit d'on ne sait trop quel dynamitage titanesque. Cependant que le tapis d'en bas monte, plus haut, arrive, s'ouvre, ah!…, et se referme sur l'appareil dans un fracas silencieux. Arnold contemple les nuées, se perd en elles. Il fixe le paratonnerre au bout de l'aile qui clignote dans la fumée, il s'imagine dehors, attaché à la carlingue à cette hauteur! à cette vitesse! ça y est! ses liens cèdent, c'est la fin! il tombe…, les sensations, la suffocation, la glace! – sa tête donne brutalement contre le dossier de son siège. Il écarquille les yeux, respire profondément, s'étire en poussant sur ses genoux, ouvre ensuite un petit sachet et se frotte le visage avec la serviette citronnée. Il revient alors à cette paire de genoux oblongs, à cette peau lisse et un peu olivâtre, à cette hôtesse d'une race indéfinissable comme tant d'autres de sa profession – Bombay? Valparaiso? –, dont la peau sur tout le corps doit avoir la même couleur que ces genoux adorables, la même fragrance citronnée humide et rafraîchissante que cette petite serviette, il fantasme cette peau au bout de ses doigts… Elle a un profil à la Callas. Le Caire ou Athènes alors? Il pivote d'un coup en se croisant les jambes. Il faisait beau tout à l'heure, maintenant c'est gris, les jours passent vite au ciel. Parfois, dans la paroi opaque, une éclaircie laisse voir une surface grisâtre, échancrée, qu'est-ce que c'est, la terre? Cette chose terne et hostile, la terre? Où sont les hommes? On s'élève de quelques milles et plus rien! Si on empilait tous les hommes du monde les uns sur les autres, verrait-on cela de la lune, verrait-on cette verrue, combien en faudrait-il de milliards de plus? Arnold se secoue de nouveau. Au sujet des défunts, on s'est demandé pendant des siècles:

«Vivent-ils au ciel?» Au ciel, on considère la terre et on se demande: «Sont-ils tous morts?» Ce type avait raison, tout est affaire de point de vue. Une perle fait du slalom en travers du hublot, la lumière dehors est à peu près celle qu'on aurait à l'intérieur d'une paille de plastique, l'habitacle retrouve son éclairage de nuit pendant qu'une nouvelle armée attaque au galop, ça y est, ses membrures fouillées par le tranchant de l'aile virent au vif-argent et prennent feu aux abords du clignotant, les lambeaux comme des flammes lèchent la carlingue. Alors soudain, c'est le jour aveuglant, dehors comme dedans. La cathédrale au loin n'est plus que ruines.

12

Les jeux sont faits, Arnold vient d'ouvrir un des livres qu'il avait apportés. Après une phrase, il lève les yeux. Son jeune expatrié, de l'autre côté de l'allée, fait glisser des photos. Le cou en avant, posément, on dirait des reliques. Il s'arrête parfois, ou revient en arrière comme s'il cherchait quelque chose, quelque chose d'important dans les marges de ces photos, derrière ces photos. Je devrais lui dire un mot, se répète Arnold. Mais il faudrait lui parler comme à un frère et il n'a pas de jeune frère. Il relève plutôt un accoudoir et s'affale sur le coude gauche, se met à tambouriner sur son livre. Les genoux terribles qui étaient partis au loin apparaissent pour redresser le siège d'en avant, ce qui fait jouer un tendon exquis, frôlent la main d'Arnold qui se redresse un peu, puis vont se rasseoir à côté, non sans qu'il soit gratifié d'un sourire, un sourire... quelque part entre Athènes et Valparaiso. Elle a de ces yeux noirs, des yeux noirs et doux, c'est difficile à battre. Porte-t-elle des bas? Je parie que non. Pourquoi les hôtesses de l'air sont-elles jolies? Parce qu'elles habitent le ciel ? Et gentilles ? Parce qu'elles sont payées au sourire ? Parce que leur calme olympien échappe à la gravité universelle ? Est-ce qu'un aussi beau visage, en cas d'urgence, suffirait à me soulager de l'angoisse, est-ce qu'un aussi beau visage se trahit en cas de panique à bord, se demande Arnold. On entend des voix se succéder dans les haut-parleurs, on amorce... Il se refait une contenance et attache sa ceinture.

Le vaisseau décélère, tout s'accélère : champs, boisés, routes et maisons, tout remonte de plus en plus vite dans les hublots. L'avenir, les paiements, les obligations, tout. Arnold l'oublie en entendant le beau bruit sourd des roues qui font contact, vrombissent et secouent la carcasse de métal, puis, comme s'ils étaient jaloux, la note plus haute des Rolls-Royce en rétroaction – un accord céleste. Des applaudissements crépitent. Sans pouvoir retenir un « bon !... », il se dresse et s'étire en regardant les autres qui, pièce par pièce, réajustent leur identité, avant qu'on la contrôle.

Dans la file des douanes où chacun piaffe en dressant le cou, Arnold essaie de se souvenir, c'était il y a cinq semaines. Quel lieu différent ! Plus de frayeurs ni de rires excités, que des postures lasses, des figures impatientes. La sienne aussi, mais c'est pour tenir à distance le jeune Français dont les yeux fiévreux cherchent à se poser. Le garçon se dirige vers l'officier, lequel, après discussion, lui fait signe d'autorité ; au visage décomposé du jeune homme, Arnold conclut à la torture de l'inspection. Il compatit, mais voilà son tour. Comme un grave lancé dans les airs, disait Galilée, peu à peu ralentit, s'immobilise, et ne demande qu'à retomber, Arnold fonce les bras chargés vers la guérite.

– Rien à déclarer, monsieur ? Pas de cigarettes, d'alcool, de... ?

– Non, rien, répond-il, sur le ton « allez, mon vieux, pas de temps à perdre ! »

Un coup de tampon et il se retrouve parmi les premiers libérés, dont certains jettent un œil vers la mezzanine où s'est engagé un concours de mimiques et de bras tendus, pendant que d'autres, les bras croisés, fixent les carrousels à bagages immobiles. Arnold est content sans l'être. Être vraiment content serait s'avouer à lui-même quelque chose que son air impatienté l'aide à étouffer, si sournoisement que, il a beau s'en rendre compte, l'envie de sortir son carnet pour le noter succombe à la flemme de chercher son crayon. D'autant qu'une plainte vient arracher à tout le monde un soupir : les tapis! Fausse joie. L'aéroport est vide, les têtes sont vides, les tapis tournent à vide. Deux, trois minutes s'écoulent, interminables ; surgit enfin un premier sac, suivi par quelques autres qui caracolent. Après quatre, cinq fausses joies et une ou deux acrobaties, le voici complet, roulant vers les panneaux qui ouvrent et referment leur givre devant une petite foule trépignante. Au milieu des retrouvailles et des embrassades, Arnold dans un élan irrésistible lance à voix haute, juste assez pour que « les autres » l'entendent : « Maintenant, où sont les taxis pour monsieur ? » Sans mesurer son effet à la Sacha Guitry, il fuit vers d'autres portes, lesquelles s'ouvrent toutes grandes sur son passage.

Un chauffeur noir lentement vient à sa rencontre. Arnold, sur son erre d'aller, s'écrie :

– Montréal et que ça saute !

Assis derrière, le cou dans les épaules, il ne se détend pas, pas encore. La voiture démarre, et freine aussitôt. Mais, que se passe-t-il ? Le chauffeur, au ralenti, sort et fait le tour, disparaît un instant, puis ouvre la portière, un sac à la main : « C'est à vous, monsieur ? » Arnold maugrée, attrape le sac d'un geste vif et se pousse en râlant pour lui faire de la place. On repart. Coup de chance, une voie de la bretelle est condamnée, l'autre à moitié bloquée par deux autocars : « Ma parole, les conneries recommencent!» lâche-t-il dans le dos du chauffeur, au moment où, de l'autre côté du terre-plein, un minibus jaune surpeuplé avance, arrête, avance. Aux fenêtres, des jeunes filles en goguette rient, le sac sur l'épaule, lui font de grands saluts de la main, un joli couvent qui part pour le ciel. Arnold s'émeut à peine de ce spectacle qu'il trouverait demain si charmant, il va détourner les yeux lorsqu'il aperçoit, tassée sur le dernier banc, le front contre la glace, une écolière au visage en peine, quasi douloureux. Elle le regarde. Il la regarde. Quelques longues secondes se perdent. L'enfant veut-elle lui parler, lui demander quelque chose à travers les doubles hublots qui les séparent? Ses yeux sont bleus, d'un bleu délavé. Arnold sort la main de sa poche pour esquisser son premier geste gratuit après des semaines. Il se demande un instant s'il doit oser, lorsque le visage de l'enfant tourne comme une meule sur la vitre et lui lance un long regard, trop tard, le taxi accélère. Il se sent préoccupé quelques instants, mais cette impression elle aussi le quitte. Le taxi s'est dégagé, emprunte la voie de service, ensuite l'autoroute, puis s'enfonce au cœur d'un paysage dénudé où la nuit tombante l'attend. Gisèle? Oui, Gisèle, qu'il n'a pas prévenue. Il aimerait bien, mais tout de suite, il ne sait pas. Ou c'est qu'il aimerait tout de suite, mais pas longtemps, maintenir la distance encore un peu? La distance? Qu'est-ce donc que cette foutue distance au juste! Il ne sait pas, il ne veut pas le savoir, il veut souffler un peu. Que faire ce soir? Téléphoner à Gaston, à Pascal? Souper tranquillement? Regarder un brin de télé et défaire ses valises en mangeant un sandwich? Comme tout cela lui paraît lointain! Il va plutôt, tiens, se faire couler un bain chaud et ensuite… Assez! assez penser, assez planifier pour les trois prochaines années! Il lève les yeux et se perd dans cette frise de sapins noirs, dans ce ciel livide, dans cette autoroute aux bras livides. On double une voiture pleine d'amis serrés autour d'un revenant qui n'en peut plus. Un appareil énorme surgit à gauche, glisse tous feux dehors, scintillants et clignotants, énorme et pourtant muet, lui aussi fait des signes sans pouvoir parler, il disparaît puis réapparaît à droite, gigantesque, irréel, là il se fâche, on l'entend qui hurle! – un nouveau monde arrive sur terre. Arnold cogne quelques clous en se disant que non, il ne faut pas, il s'ébroue, se frotte les paupières, pour apercevoir sous une fine neige fondante, qui viennent à lui solennellement, de grands panneaux verts marqués : CENTRE-VILLE.

Plus on regarde l'étoffe humaine de près,
plus les tissus se ressemblent.

WILLIAM JAMES

Un père prude

1

Les dimanches, les dimanches d'été surtout, sont des jours différents. Une étincelle suffit, on dirait, pour que leurs atomes se réchauffent et se remettent en branle des années plus tard. En tout cas, dès que j'aperçois les murs jaunes de l'hôpital dans le soleil, je me rappelle ce fameux dimanche d'août, et le visage d'Henri entre ses deux filles.

J'ai fréquenté mon beau-père douze ans, excepté l'année de notre mariage. Le mariage de Viviane et Bernard, on l'attendait; Henri l'a récompensé en étoffant ma bourse d'études pour Montpellier. Nous avions encore des confettis sur l'épaule lorsqu'il subit une première attaque, contraignant sa fille à reprendre aussitôt l'avion. Le malade heureusement se rétablit, et le cours de la vie aussi, ralentissant juste un peu, comme le sang dans les artères.

Henri continua comme avant, à manger nerveusement et à tout faire de même, travailler surtout. Alors que nous prenons le plaisir comme un dû, nos paternels se fabriquaient des devoirs. Entre deux guerres, brimés par la fameuse Crise, ils avaient été formés à l'inquiétude et aux responsabilités. Nous nous demandons comment ils faisaient, ils auraient répondu : « Que serait la vie sans elles ? » Bien sûr, ils avaient rêvé, convoité eux aussi, une autre vie que la leur sans doute. Ils l'avaient vécue, leur jeunesse, à les entendre du moins. Mais alors, où était passée leur sérénité ? Ils s'entêtaient à prouver quoi ? Je me disais : ce n'est pas qu'ils ne désirent plus, c'est qu'ils désirent mal – si la chose peut avoir du sens. Est-ce donc qu'assumer était leur dernier mot, leur dernière jouissance, avant carrément d'expier ? Je sais seulement qu'Henri un jour a sorti une première pilule de sa poche, ensuite une deuxième. Une nitro. Les taxis se sont multipliés, de la maison à l'arrêt d'autobus, du terminus à son bureau.

Nos relations étaient difficiles à situer, chaleureuses et distantes en quelque sorte. Ses relations, j'ai bien peur, étaient chaleureuses et distantes avec tout le monde, avec sa femme Claire, avec Sophie et Viviane aussi bien. On m'avait appris vaguement que son père avait quitté le foyer, qu'Henri avait connu l'orphelinat et ses privations, qu'il s'en était sorti avec l'aventure du scoutisme ; à son mariage, il était presque chef du diocèse. Une partie de sa philosophie tenait en ceci : dans la vie, il faut manger sa cuillerée de merde, ou plus tôt, ou plus tard. Il appréciait d'autant plus les bonnes cuillerées, il avait des desserts à rattraper, surtout que Claire cuisinait merveilleusement. Mais… Mais cet homme paisible parfois s'excitait. À table justement, dans l'euphorie du repas qu'il avalait tout rond, ou à la suite d'une blague, ou devant la télé quand c'était trop, trop bête, trop ridicule, l'émotion s'emparait de lui : il changeait brusquement de couleur, on entendait une espèce de borborygme, il allait exploser, et puis… non, tout rentrait dans l'ordre, comme si quelqu'un lui faisait signe et qu'il devait regagner sa place. On dit pouffer de rire ; Henri, lui, pouffait sans rire. Autant il avait été proche un instant, autant il se retrouvait éloigné et le restait. Était-ce donc ce retrait chronique et il me semble, douloureux, qui faisait qu'on avait envie qu'il parle ? Parfois il commentait le passé comme s'il était toujours là. Il m'arrive de penser que mon mémoire d'histoire lui doit une partie de son inspiration.

Nous avions frappé quelques balles avant que son décollement de rétine compliqué de glaucome ne lui interdise le tennis, et toute pratique sportive. Il était joueur médiocre, mais devant un match télévisé, j'aimais ses réactions, bien plus que l'analyse des commentateurs. La psychologie facile et l'hystérie le faisaient bondir. Ses rares remarques collaient à la pratique, chaque coup était placé en perspective, aucun n'était fatal, il tenait compte de la fatigue. Devant les généralisations hâtives ou les prédictions *après coup*, il dépliait ses éternels bras croisés en poussant un «bah voyons!» et se renfonçait dans le divan sans pouvoir réprimer une grimace que je dégustais. Il comprenait qu'autant la performance de l'athlète est mystérieuse, autant les résistances sont réelles. Pour lui, certaines choses étaient possibles, d'autres plus difficiles, et il y avait la chance. Tout cela pourtant il ne pouvait plus le faire, il ne l'avait jamais pu. N'importe, il avait la bonne distance, mieux que les athlètes trop près de l'action ou que les entraîneurs trop loin de l'effort. Où avait-il appris ces leçons qu'on peut effectivement trouver dans le sport : tout advient dans le temps, la liberté existe, la patience rapporte, essayons! En un mot, son récit était plus convaincant que les autres.

Il faut dire, j'en avais contre les autres et leur supposé savoir, ce qui faisait de moi un drôle d'historien. Interroger le passé : un acte difficile sur un objet impossible! Je questionnais l'illusion d'en rendre compte comme si maintenant on savait. Je voulais devenir quelqu'un, j'avais déjà envie de rajeunir parce que ça prend du temps, et je trouvais suspects ceux qui sont devenus quelqu'un! Bref, je n'étais content de rien ni de personne, les autres ne savaient pas vraiment et valaient encore moins, et voici qu'Henri me montrait un chemin de maîtrise dont il s'était retranché. Je ne voulais pas dire un jour les beautés du tennis sans pouvoir les faire.

2

Sa ressemblance physique avec notre fameux maire des Olympiques était frappante, sauf qu'Henri avait le sens de la pirouette, je l'appris très tôt à mes dépens. Dès le début de mes amours avec Viviane, s'il venait un samedi après-midi répondre à la porte, en pantoufles, le pas hésitant, la silhouette arrondie, c'était pour me donner du « monseigneur » une fois, et la fois suivante me demander brusquement qui j'étais. Le tout assaisonné tantôt d'une courbette, tantôt d'une main en visière à la Buster Keaton. Des lunettes noires voilaient son regard, le rendaient hasardeux. La main en visière et le sourcil froncé étaient sa marque de commerce mais il ne fallait pas se méprendre sur ces méprises, l'affaire était complexe. Les verres fumés et ce jeu de mimiques cachaient mal les résistances qu'il devait franchir pour faire triompher sa verve. Toute sa pantomime en fait, trouée d'onomatopées cocasses, dont ces incroyables, mais vraiment incroyables « ppouh ! » qu'il lâchait au milieu d'un entrechat à vous couper le souffle. Comme si c'était la seule affirmation dont son corps était capable, et je savourais sans lui dire le parfum de victoire qui flottait dans l'air après chacune de ses folies. La première fois qu'il a enlevé ses terribles lunettes en ma présence, le bleu vif de ses yeux m'a frappé. Était-ce possible, lui, un regard si limpide, si clair ?

En fait, Henri était devant vous un paradoxe vivant, il cherchait à être spontané. Cette quête apparemment débonnaire, en réalité fébrile, s'entourait d'une atmosphère insaisissable, tel l'orage qui s'annonce, hésite, et finalement tourne en coup de vent. Lors d'occasions spéciales ou de soirées d'anniversaire, si sa bonne humeur montait et que l'exaltation s'emparait de lui, le pire était à craindre. Rire dans son cas risquant d'entraîner quelque chose d'excessif, je le guettais du coin de l'œil. Quand le phénomène approchait, on le voyait, la tête dans les épaules, secoué de convulsions et d'inspirations brusques, il manquait d'air une seconde, deux secondes, alors une toux brutale et prévisible venait le délivrer et son visage passait à l'écarlate comme si tout son être se vengeait du refoulement. Le regard inquiet et réprobateur de Claire le cherchait dans la pièce, et le trouvait : « Voyons, Henri ! »

Je l'ai vu lire, manger, jardiner, regarder la télé, mais même le repos chez lui avait quelque chose de nerveux. S'il ne faisait pas la sieste – Viviane prétendait qu'il récupérait vite mais il devait « aller s'étendre » souvent –, on le trouvait dans son fauteuil, ses lunettes relevées sur le crâne, l'œil vissé à un coin de journal qu'il parcourait par morceaux, exactement comme un joaillier déroule une rivière de diamants. Cet exercice le fatiguait vite et il allait s'affaler devant le téléviseur. Dans son quant-à-soi, il ne vous voyait pas, peut-être qu'il somnolait, difficile à dire. L'abordait-on alors, il sursautait. Après un raclement de gorge, il se redressait ou se levait, enlevait brusquement ses lunettes d'une main et se passait l'autre sur le visage en frictionnant : il gagnait du temps. Sa réponse, farfelue ou mordante, arrivait enfin, ayant suivi on ne sait quel chemin de croix intérieur. Un haussement d'épaules et une profonde expiration marquaient la fin de l'entreprise. Nul ne s'y trompait pourtant, l'impassibilité ordinaire de son visage couvait une sensibilité farouche. Je l'ai dit, assis ou debout, il portait souvent les bras croisés, comme s'il voulait se ceinturer lui-même.

Le cœur, paraît-il, est une pompe à soupapes ; Henri, tout son corps était un système de soupapes. Au mieux discordantes, au pire bloquées. Ça n'avait pas que des inconvénients. On n'entendait jamais de « j'adore » ni de « j'ai horreur » avec lui. L'excessif, l'effrayant, pain quotidien de tant de conversations, n'étaient pas de son registre. Sa bonne humeur toutefois pouvait suivre une veine lunatique et disparaître aussi vite que la crème du gâteau dans son assiette. Viviane répétait que le bouffon en lui, refréné par une enfance d'orphelin, n'attendait que l'occasion de se manifester. Le genre d'explication dont les familles ont le secret. Comme la plupart des autres, les Lemieux bavardaient, échangeaient, mais quelque chose résistait, ravalé dans cette parole.

3

Peu avant Noël, un soir, je l'ai rejoint dans le petit boudoir où l'on regardait la télé quand Claire trouvait que le living-room du sous-sol était « en désordre ». Quelque long silence plus tard, Sophie et Viviane sont venues nous distraire, j'allais dire nous délivrer. Après le déclenchement du lave-vaisselle, leur mère est arrivée, j'ai cédé ma place sur le canapé, tout en sortant mes boniments sur l'éternel souffre-douleur : « On me repousse encore ! » « Pauvre toi, tu fais bien pitié ! » Assis par terre contre les jambes des filles, je ne me plaignais pas fort : des genoux et des mollets de danseuses que je passais mon temps à m'excuser de frôler et de palper, essuyant indignation et mauvaise foi égales à la mienne. La soirée s'annonçait comme d'habitude, remplie d'une ambiance paisible, avec dans la bouche encore le goût du rôti et de la tarte aux pommes de Claire, arrosés d'un Orange Pekoe. On donnait depuis l'église Notre-Dame, avec en vedette Luciano Pavarotti et les Petits Chanteurs du Mont-Royal, un concert repris des années durant, un classique. J'avais de lui des chansons napolitaines qui vous mettent l'âme au soleil – mais ni opéra ni chant religieux. L'ouverture fut chantée par le chœur, et Henri, les bras sur le ventre, enfoncé dans son coin, resta comme mort. Puis le ténor fit bientôt couler sa voix comme un nectar, et après le *Minuit Chrétiens,* mon beau-père décroisa les bras pour ajuster sa ceinture, avant de les recroiser sans mot dire. Vint ensuite l'*Ave Maria* de Schubert. Lorsque au second couplet le grand chanteur fronça les sourcils, sa voix atteignit un filon d'une rareté inouïe, d'une douceur invincible ; elle sembla descendre du Ciel lui-même quand l'artiste immense, tout de noir vêtu, posa lentement la main sur l'épaule immaculée du jeune choriste à sa droite, comme s'il l'avait posée sur chacun d'entre nous. Enchaînant avec le *Venite adoremus*, d'un seul phrasé il exprima tout ce que peut la voix humaine de puissance et de tendresse mêlées. L'enfant, c'était lui, ce colosse au larynx en or. Henri à cet instant changea de position, toussa et se racla la gorge en passant une main rapide sur sa moustache. Moi-même incapable de parler, les yeux baignant dans l'eau, je ne comprenais pas ce qui arrivait. La voix semblait chanter pour la première fois du monde. Elle montait, montait, épousait les colonnades et les croisées de l'église qu'elle remplissait jusqu'au dernier jubé, tapissant de velours les parois bleues étoilées de la nef tout entière. Une parfaite osmose, l'air était habité, la cathédrale vibrait comme le cœur d'un seul homme. Il fallait faire quelque chose. « Il est extraordinaire, j'en ai quasiment les larmes aux yeux ! » laissai-je tomber d'une voix altérée, voilà, j'étais encore capable de parler. C'était la pause, Sophie près de moi reniflait et se mouchait, je n'osais regarder derrière. Mon beau-père s'extirpa dans un souffle bruyant et, sans mot dire, prit la direction des toilettes.

Un autre dimanche, on présentait en reprise la plus fameuse adaptation télé de cette époque, *Des souris et des hommes* de John Steinbeck, dont on m'avait tant parlé. Henri l'avait vue et tenait à la revoir, tant bien que mal du moins, sa vue ayant baissé depuis. Le texte, la réalisation, les acteurs, la musique de Léveillée, inoubliable, tout nous laissa dans un état de choc. Encore une fois, au tomber de rideau, personne ne dit mot.

Je comprenais enfin le vrai pathos il me semble, le mélange de réalisme et d'émotion, de virilité et de sensibilité, bref la douceur géniale qu'il avait fallu à Steinbeck pour nous enfoncer dans le cœur ces souris et ces hommes. Je voyais plus clairement que jamais « l'épaisseur » d'une œuvre d'art. Là encore, il fallait que je fasse une remarque, j'ai dit :

– Je plaçais *L'étranger* de Camus bien haut, mais ça, c'est autre chose, plus vrai, plus fort encore…

Il se passa quelques instants, on se redressait, tous plus ou moins secoués, lorsque Henri, après avoir relevé ses lunettes et s'être frotté les yeux à sa façon, laissa tomber : « Oui, c'est beau, très beau, mais cette histoire de ferme, de regarder tomber la pluie le dimanche, c'est trop beau. Le problème de bien des hommes, c'est de penser que s'ils avaient plus, ils s'en contenteraient. » Je ne répondis rien.

Deux semaines plus tard, dans une discussion avec Pascal sur Camus et les Américains, Steinbeck entre autres, j'ai lancé comme ça « tu sais, le drame de bien des hommes, c'est de penser que s'ils avaient plus, eh bien… »

4

On partageait surtout les heures de télé sportive ; en fait, on essayait. Silencieux côte à côte, nous avons crié côte à côte, trépigné devant les reprises, mais l'exubérance déclenchée par le circuit ou le but se refermait aussitôt, en dépit d'un surcroît de chaleur évident. La perte subite d'énergie s'amortissait dans un bâillement ou un grattement, un tassement sur nous-mêmes, et cette curieuse entropie me causait un picotement le long de l'œsophage – comme si les rouages de l'âme aussi souffraient de condensation. On a somnolé ensemble après les desserts de Claire, on s'est esclaffés ensemble devant telle bêtise, mais plus souvent qu'autrement revenait ce même embarras au bord d'une conversation ébauchée, jamais terminée. On riait des mêmes choses, oui, mais on ne rigolait pas.

Je n'avais pas de voiture ni même de permis, je refusais d'hypothéquer mon début de carrière avec pareille dépense ; les Lemieux en avaient une, c'est Claire qui conduisait, parfois Viviane. Henri et moi, assis à droite l'un derrière l'autre, étions donc doublement complices, doublement minoritaires. Lors de vacances en famille, cette complicité et cette minorité restaient pourtant séparées par une pellicule que n'arrivait à déchirer aucun des petits éclats d'imprévus, de promiscuité, de fatigue qu'entraîne n'importe quel voyage. Cette enveloppe était là entre Henri et le monde, elle était là entre Henri et lui-même. Ses filles le sentaient aussi bien. Il y a une petite histoire que Sophie aime raconter après un verre ou deux, on a l'impression qu'elle la revit chaque fois : un soir de juillet, tout le monde est installé au fond du jardin, elle et son ami, au sous-sol, se mettent à s'embrasser à bouche que veux-tu, les voici rendus sur le tapis, lorsqu'ils entendent débouler dans l'escalier ! c'est mon Henri qui vient s'asseoir sur le divan et se met à tripoter les commandes du téléviseur, mine de rien, dans un silence effroyable, laissant chacun chacune se débrouiller avec sa fermeture éclair. Elle rit chaque fois d'un rire encore gêné : « Je suis sûre qu'il nous avait vus, sûre, sûre ! »

Lui qui avait fait de l'hébertisme et de l'escalade, dirigé des colonies de vacances, comment aurait-il vieilli avec des yeux en santé ? Parfois il semblait au naturel dans cette inertie. Un autre jour, il ne tenait plus en place et descendait de voiture sans trop regarder, ou c'est une pelle qu'il fallait lui enlever des mains. « Henri ! Es-tu devenu fou ! » criait alors Claire, qui surveillait pourtant son langage. Une cataracte commençait à se développer dans l'autre œil, et même la télévision lui devenait peu à peu laborieuse. On le voyait l'été, écrasé dans sa chaise sur le patio, le transistor contre l'oreille, il dormait sans doute. Brusquement, un cri malhabile et enfantin lui lançait les bras au ciel, la balle frappée par un *Expo* s'était mise en orbite.

Je me souviendrai toujours de cette belle soirée d'août et des efforts déployés pour emmener toute la famille au Stade olympique. Les femmes étaient sceptiques, mais sur place, parmi les arômes relish-moutarde et les échos de la conque grandiose, tout le monde était bien heureux de se sentir adolescent et américain. Les filles, assises sur le bout des fesses avec leurs fines bretelles, leurs épaules nues et leur jupe relevée, étaient absolument splendides – mon seul souvenir jusqu'à la huitième manche tellement les Expos faisaient tout pour perdre. Alors que les regrets commençaient à me visiter, notre arrêt-court se présenta au marbre avec sa réputation de frappeur opportuniste et, dans une tentative de ralliement, s'élança avec deux hommes à bord. Un magnifique « pok ! » mat et sec retentit dans l'enceinte, la balle jaillit du losange telle une étoile filante, traça une trajectoire de feu en direction de la clôture et c'est comme si le coup avait, par un étrange mécanisme, la force nécessaire pour tirer chaque spectateur hors de son siège. On aurait dit un jouet géant. Dans la puissante rumeur du stade en liesse, Henri s'est trouvé debout sur la pointe des orteils comme tout le monde. Je cherchais moi-même la balle, j'allais crier « où est-elle ? », mais j'ai retenu mon souffle. Il trépignait, les poings levés, criant de sa voix éraillée, et soudain, rose de plaisir, il s'est tourné vers moi et m'a pris par les épaules tout en continuant à sautiller. Malgré la fatigue, les deux mains sur la barre dans la foule du métro, il était content derrière ses lunettes, du moins je pense.

5

En histoire, je cherchais ce que « jamais on ne voit »,
comme disait Bob – ou Pascal, je ne sais plus, ils s'obsti-
naient tellement. À ma façon du moins. Ce qui arrive et
qu'on ne raconte jamais plutôt que ce qu'on raconte
toujours à tort et à travers. Oui, je cherchais. Est-ce que
je voulais trouver ? Est-ce qu'il n'y a pas des choses qui
doivent rester cachées ? La question se pose, mais c'est
trop facile. En tout cas, l'expérience modèle, c'est dans
un lit que je la trouvais. Simple répit, j'imagine, après
mes années de mémoire, après toutes ces années d'études, bref, depuis toujours, et qui faisaient que la sexua-
lité avait été une chose reportée. Donc sacrée. C'est là
que je voyais l'aurore dans un œil, un visage qui se
tourne, qui se donne, c'est là qu'un chant venait emplir
la pièce et m'emplir moi-même : voilà où étaient le vrai
bord de mer, les vraies odeurs, les vraies brumes, un vrai
Turner, une vraie fin du monde, et je me disais que
l'Histoire ne pouvait pas être plus vraie, que si elle était
faite de passion, elle était faite de ça aussi, que si l'historien l'oublie, c'est qu'il est vieux et que tout son monde
est mort. L'Histoire n'a jamais vingt-huit ans. Peut-être
que je n'étais pas encore mûr, que plus tard je compren-
drais, il y avait peut-être d'autres extases. Comment
savoir qu'on touche au sommet quand on est dans la
brume ? Refuser les échappatoires, ça va toujours, mais
savoir ce qu'on vaut, ce qu'on veut… Bref, je disais en
riant qu'un jour, j'écrirais des romans. Une chose me
manquait en tout cas, mes amis. Pascal, Michel, Arnold,
Denis… Aucun n'était parfait, mais ils avaient surtout le
défaut d'être pris par cinquante-six affaires ; ce n'est pas
très long que la vie nous renvoie chacun chez nous en
douceur. Ils disaient peut-être la même chose de moi,
on se sent seul et on oublie la solitude des autres. J'avais
envie d'un ami à qui parler des femmes sans devoir

prendre rendez-vous, j'avais envie d'une femme à qui je parlerais de tout comme si elle était la première. En attendant, l'instant ne sonne jamais deux fois. Quand on se voyait chez Michel, aucune idée ne faisait l'unanimité sauf celle-là : le temps passe, il faut jouir. La grande idée de l'époque. Je sentais que Bob me précédait avec son côté poète tonitruant. J'aimais la qualité de son émotion, qu'il essayait de cacher, son émotion aidait la mienne, il faudrait bien d'ailleurs que je lui dise. Jacques, Denis et les autres, eux, mettaient le temps en banque avec leur caméra. La force de leurs images, je la trouvais séduisante mais trop certaine, trop momentanée. L'Histoire aussi est pleine de clichés, mais entre les photos, derrière, que se passe-t-il ? Voilà ce qui m'intéressait. De chaque jour, que reste-t-il ? Il reste la soirée et avec qui la passer, d'accord, mais si la question revient pendant la soirée ? Où sont les vraies choses, les vrais processus ? Ma question est-elle idiote ou est-ce la seule question ?

La biologie aussi m'intéressait, j'essayais de faire des liens, j'avais le modèle d'Henri sous les yeux. Car enfin, vers quoi nous efforçons-nous, nous élevons-nous ? Mon mémoire avait flirté avec la psychobiologie. « L'homme *n'est* si fort que parce qu'il *naît* si faible », cette thèse était celle d'un fameux anatomiste, mais la formule était de moi et figurait fièrement dans mon prologue. Né avant terme, sans poil ni rien, bien trop fragile comparé aux autres animaux, le bébé dès le début évolue entre l'informe et l'achèvement, l'informe qu'il est et l'achèvement qu'on lui présente, qu'on lui fait fantasmer. Un élastique perpétuel nous tire et nous ramène, dans les deux sens, faiblesse-maîtrise, maîtrise-faiblesse, les adultes veulent rajeunir, les enfants veulent vieillir. Les contraires s'attirent, on le dit mais sans le comprendre : cet élastique est pulsionnel, génétique et nécessaire, c'est la motion et l'émotion de nos vies !

Une histoire des conduites, mieux, toute l'Histoire pouvait sortir de là. Tel penseur adulé échappe une fanfaronnade devant des millions de téléspectateurs : immaturité ; tel empereur va trop loin dans l'audace, tel coureur automobile : fatale immaturité ; tel politique s'aventure dans une liaison imprudente, tel physicien dans une fin de carrière mystique, tel écrivain dans la bêtise : immaturité, encore et toujours. Mais c'est la même immaturité qui les avait poussés d'abord à s'accomplir, au dépassement ! Chacun tiré par son contraire, modelé par lui. Je corrige une mauvaise copie et tout à coup, elle me défait complètement, je ne comprends plus rien à mon propre cours, je deviens aussi hésitant qu'elle, aussi peu sûr de mes idées, moins bon que mon moins bon cancre ! Mais la copie suivante est excellente, cette excellence me refait, me tire en avant comme j'ai moi-même tiré l'élève, comme d'autres grands textes m'ont modelé ! J'annote d'une subtilité, l'élève devient plus subtil et ainsi de suite. Quand on joue au tennis avec un meilleur joueur, ses balles deviennent nos balles, on frappe comme jamais, nous voici presque à la télé ! Voilà, toute la planète est prise dans ce réseau, tout s'ajuste à tout instant, vers le haut, vers le bas, vers le dépassement, vers le temps perdu, de la moindre conversation à la plus grande entreprise.

Puisque l'avenir est sans vainqueur et sans cadeau, puisque tout est attirance et recommencement, puisque nous sommes des amibes répondant aux sollicitations du milieu, sachons-le, vivons-le ! Hélas ! chaque génération a ses blocages, chacune se forme et se déforme à sa façon. Celle d'Henri fonctionnait à l'obligation responsable. L'adulte était en train de le bouffer, lui pourtant si doué pour l'enfance. Comment le convaincre ? J'aurais voulu le voir se défaire, essayer un peu de yoga, je ne sais pas, n'importe quoi. J'aurais voulu le voir informe et heureux.

J'avais peut-être peur de lui ressembler. «*Errare humanum est*» était sa réponse. Qu'il traduisait avec un petit sourire : «L'humanum est une erreur.» Il faisait le pitre : «On est tous malades, que voulez-vous, on a bien de la misère à nous stabiliser.» Il aimait ponctuer d'un «que voulez-vous ?», d'un «comment veux-tu !», qui me faisaient sourire et m'énervaient. En attendant, il se hâtait vers l'autobus pour donner des cours du soir et raccourcir la durée de l'hypothèque, il trébuchait de plus belle en jardinant parce que c'était la saison et qu'il fallait bien, il se cognait partout le front et les tibias qu'il avait dans un état pitoyable. Viviane avait beau lui servir d'assistante, son poste à l'université n'était pas assuré, ça le taraudait, alors il se démenait. Je le regardais aller et son dos avait l'air de dire «à quoi bon ? la vie est pure perte, une affaire *sans commentaire*, comment veux-tu !». Comment veux-tu. Je ne sais pas comment, mais je voulais pour lui. N'est pas raisonnable qui veut, m'avait-il déjà fait remarquer, il faut prendre les moyens. Ne vit pas qui veut non plus, hélas !

6

Si Henri trébuchait, en revanche il y avait chez les Lemieux une culture du ballet, que montraient des photos dans le couloir et l'escalier. Les deux filles avaient suivi des cours pendant des années, Henri les conduisait en voiture, c'était son idée. Je l'ai dit, les jambes de Sophie et Viviane ! De belles jambes galbées, racées. Et ce maintien exquis, qui longtemps demeure, ces échappées de grâce en tendant la joue, en passant une assiette, en relevant un chignon. L'été, ces choses nues et lisses aux muscles affleurants semblaient dotées d'une vie propre ; rien qu'à se croiser et se décroiser sur une chaise de toile, elles devenaient le point de mire du jardin, mon point de mire. On ne surprenait guère Henri en train de caresser un genou au passage, et j'évitais de le faire devant lui. Après une ou deux allusions à la chaleur, en vain, forcé de se lever et d'aller chercher sa limonade, il marmonnait : « Et dire que ces guiboles m'ont réveillé à sept heures du matin tous les samedis ! » Il était reçu par des moues et des mines que je guettais derrière mon livre. Mais dès que le boyau commençait à siffler, je guettais aussi le moment où deux filles en bikini se mettraient à crier et à courir partout, les baguettes en l'air, les cuisses en folie, pendant qu'un jardinier en verres fumés les arrosait à coups de « pardon, pardon ! » de plus en plus confus... Ces atouts dignes d'une pub de plage, Henri les boudait. Peut-être qu'il ne pouvait plus les voir.

Une moralité se cachait là, une moralité de père ou de conformiste, je ne sais trop, un peu des deux sans doute. Si je l'ai vu porter des jugements bien arrêtés, c'est bien dans des affaires sexuelles. Avant que j'entre dans la famille, une jeune fille à l'école avait disparu, on ne l'avait jamais retrouvée. Quand il en parlait, tout y passait, et dans des termes qui suscitaient les yeux pointus de Claire, laquelle tempérait les choses en l'appelant « papa ». Par contre, les Lemieux avaient un ami atteint de poliomyélite, une nature généreuse et sympathique, mais qui pouvait boire passablement. Un soir, sa voiture avait fauché un adolescent, l'estropiant pour le reste de ses jours. On n'en parlait jamais. L'éthique à hauteur d'homme n'est pas facile, elle aussi est historique et inachevée, c'était une conclusion de mon mémoire.

Historique et inachevée en effet. Viviane restait belle après cette adolescence de ballerine, avec un corps en forme de sablier, des épaules et un cou de Vénus grecque, la carte exacte de mes fantasmes. À vingt ans, on veut un corps quoi qu'on dise, comme un objet, ou plutôt les corps s'imposent à nous, sans réflexion. Ensuite, bon gré mal gré, on s'aperçoit que c'est notre propre corps qui désire et qu'il faut gérer, et c'est ce décalage, je pense, ce travail, qu'on appelle l'âme. En tout cas, elle était la plus belle et pourtant, un an après notre mariage, sitôt de retour d'Europe, j'ai eu cette aventure folle au possible. La fille était *peace and love,* ses seins aussi. Une vacherie, mais je ne le savais pas, pas vraiment. Après quelques semaines pénibles, d'un malaise *nouveau* pour Viviane comme pour moi, elle est rentrée chez ses parents, déroutée. Son moral était fragilisé à un point que seule une image peut expliquer. Alors qu'en principe elle boudait mes activités sportives, le tennis entre autres, elle s'est pointée au parc un beau samedi matin ; il avait fallu qu'elle devine, et qu'elle prenne la voiture. Je jouais en simple avec Bob ; Michel et Pascal n'avaient pas pu. Elle entre, monte sur le court et s'assoit au fond sur un banc : elle me regardait jouer ! À une ou deux reprises, voici qu'elle se lève et va ramasser quelques-unes de nos balles pour nous les donner presque main à main. Chaque fois que je vois faire ce geste, c'est la même morsure. J'avais mal au ventre au début du set, j'avais mal au cœur à la fin. Bob était intrigué, je lui ai soufflé mot, il m'a répondu « pourtant elle est superbe » – ce qui m'a laissé une drôle d'impression, moi, je trouvais Barbara superbe. En partant, il a laissé tomber : « Le tennis m'a déjà aidé à supporter une peine d'amour, pas à m'en guérir. Ni quoique ce soit d'autre d'ailleurs. »

Je croyais souffrir autant qu'elle, c'est l'autre face d'une vacherie. La fille est partie en voyage. J'étais seul, entêté, sûr de mon bon droit puisque j'assumais ! J'ai passé l'été à travailler, lire et nager, vivant en ascète et méditant. Viviane s'est vu offrir des vacances en famille aux Bahamas, ce qui m'a conforté dans mon « authenticité ». À son retour, rien n'était encore réglé, elle est venue chercher quelques affaires à la maison. Sur le divan qu'elle avait choisi avec soin quelques mois plus tôt, elle prit place, hâlée mais famélique. Le beau sablier avait perdu sept, huit kilos, elle était comme brune et pâle en même temps, le soleil ne cachait pas le malheur. Poussé par un démon, je m'approchai d'elle et la touchai, sous l'épiderme doré sa chair était tendre, j'explorais en moi une zone horriblement vierge, je comprenais que le mal, c'était faire ce que j'avais fait, et qu'on puisse le faire malgré tout. C'était d'affaiblir quelqu'un, de le savoir, mais sans le sentir assez; d'en souffrir aussi, mais de grossir cette souffrance en excuse, sans pouvoir s'empêcher d'affaiblir quand même. J'éprouvais pour elle sur ce divan un transport soudain, un étrange désir, quelque chose de neuf, de différent, et pourtant je n'étais pas prêt à tout lâcher de mes rêves et de mon été. C'est alors que la sonnerie en bas a retenti. Je me suis levé pour actionner la porte d'entrée. Henri se tenait sur le perron, tête levée, la main droite toujours en visière, la gauche sur la poignée : « Viviane est prête ? On l'attend dans la voiture. » La voix grêlée, plus que d'habitude. Une voix blanche comme au point de mue, je sentais le rugissement qu'elle cachait et qui l'étranglait au fond du gosier. Je sentais, ô combien, que s'il n'avait pas eu cinquante-cinq ans et les artères bouchées, s'il n'avait pas été à moitié aveugle, il aurait monté les marches quatre par quatre pour m'envoyer son poing en pleine figure.

Six mois plus tard, nous avons repris la vie commune, à la satisfaction de toutes les parties. Mon retour en famille un samedi soir pour le souper s'est effectué en douceur. Pudiquement. J'avais un peu l'impression de me remarier. Une pudeur crispée, pressée de parler, de sourire, mais bon, c'était oublié. Est-ce jamais le cas ? Du moins me suis-je bien promis de ne jamais faire revivre semblable épisode à mon beau-père et à sa fille.

7

Henri allait à la messe et pratiquait sa religion. Mais il était aussi célèbre pour ses déclarations à contretemps.

Il avait un faible pour ce qu'il appelait ses «fonds de terroir», où il allait piger tantôt l'une, tantôt l'autre. Un soir, par exemple, la crème anglaise sur le bout de la moustache, il croyait utile de rappeler que «dans la vie, il y a deux plaisirs, la table et la couchette!». Claire lui jetait des yeux, Sophie haussait les épaules. «Quoi!?» s'étonnait-il, le sourcil menteur et le sourire en coin, feignant de nous prendre à témoin, Viviane et moi. C'en était trop pour Claire: «Henri, franchement!...» Il piquait du nez dans son dessert, sans pouvoir retenir un hoquet de jubilation.

Cela dit, devant un spectacle osé, il pouvait marquer le coup d'un «bah, tiens...». En fait, toute la famille hébergeait une espèce d'intermédiaire, un type curieux. Ce type s'interposait partout, dans les tâches les plus quotidiennes. Je ne suis pas sûr que Viviane m'aurait aimé autant sans lui, que Claire aurait pu tenir aussi bien maison sans lui, ni Sophie se martyriser les tendons pour auditionner à Winnipeg. Il était toujours là, matin, midi et soir, on n'avait pas besoin de le nommer, mais s'il fallait absolument, on pourrait l'appeler Sens Dudevoir. Entre la touche rabelaisienne et sa vie rangée, qui était Henri? Il avait entrepris des études de prêtrise avant d'être scout, puis père de famille. On dit souvent qu'un tel «aurait pu» devenir ceci ou cela, mais les forces qui nous font sont plus rigides qu'on pense. Ce qu'Henri avait eu à faire, il l'avait fait. Avant d'enseigner, il était cadre à la Société des transports métropolitains. Il avait étudié l'éthique des relations de travail et suivi des séminaires réputés en Nouvelle-Angleterre. Ayant à fignoler parfois la question des normes et devoirs, il laissa tomber un jour devant moi: «C'est souvent de la foutaise!» Il n'était pas simple, je l'ai dit. Quand il l'a connue, Claire venait de faire des démarches pour travailler au pair à Londres. La chose avait été décidée avant qu'ils se rencontrent, pas question d'y renoncer. Elle avait vingt-deux ans – lui vingt-huit – et devait partir tout un semestre. Après deux mois, il en a eu assez. Pour la Société, il tranchait des litiges reliés aux absences et aux heures supplémentaires, d'où des négociations corsées avec les syndicats. Peu importe, inventant une histoire de maladie, réinterprétant les clauses de sa définition de tâches, il se colla quinze jours et décida de rejoindre sa fiancée sans dire la vérité à personne. Il n'avait jamais rien regretté. L'affaire était réglée, ce qu'il avait fait, c'était ce qu'il devait faire, pas question de rester au bureau une semaine de plus : « Entre la morale et le sentiment, n'hésite jamais ! Quand tu aimes quelqu'un, tu sais quoi faire, tu le sens, le reste est *bullshit*. » Son corps affaibli le rendait fébrile, gourmand ; d'un autre côté, il était capable de jugements virils, tranchants. Mais qu'est-ce que la faiblesse et la virilité, qu'est-ce qu'un jugement ?

Une des douceurs, le samedi ou le dimanche après souper, c'était les promenades au parc avec les deux sœurs. Sophie avait plus ou moins vingt ans et tardait à se faire un ami, ce qu'on appelait un « chum steady ». Elle était belle, elle ressemblait à sa sœur en plus élancée, moins grecque, plus alanguie. Évidemment, quand vous êtes alangui, vous désirez le monde grec, quand vous êtes en Grèce, la langueur vous attire. J'étais donc avec les deux plus belles et je faisais de beaux yeux à celle qu'on appelle si bien la belle-sœur. J'aurais voulu m'en empêcher que je l'aurais fait quand même, c'était structural, le structural de l'époque, et puis l'alangui est si désirable, et puis on a bien de la misère à nous stabiliser. Viviane le savait, le sentait, j'en suis sûr. Elle avait appris. Je l'entends répondre : si tu penses que je ne vois pas la façon dont tu regardes les autres. Les deux sœurs marchaient du même pas, suivaient la même carrière, le trio pouvait poursuivre ses soirées de cinéma et ses balades en vacances, je resterais en Grèce.

Combien de promenades après le dessert, toujours par le même chemin ! Un grand cottage de planches un peu vétuste me plaisait, avec ses deux étages et ses toits pointus, son côté Nouvelle-Angleterre. Un beau jour, il tombe en vente. On fait une visite. Évidemment, il y avait du travail à faire, à l'intérieur comme sur le terrain, dixit Viviane, en digne fille de sa mère. Ce qui voulait dire : je suis prête si tu es prêt. Quant à moi, j'imaginais déjà mon bureau sous les combles. Restait le prix, un peu élevé pour mes économies. J'ai déposé une offre. Elle a été refusée. Il faudrait que je fasse la part du Hasard dans ma théorie des attirances : on l'acceptait et ma vie changeait, je devenais un autre Henri.

8

Comme les autres, ce mois de mai devait ramener le soleil et l'insouciance. Un après-midi particulièrement tranquille, trop chaud pour la saison, un après-midi de milieu de semaine par surcroît, le père de Viviane nous fit une visite en solo, une visite-surprise, la première depuis notre mariage. Il était deux heures pile, la cloche de l'église venait de sonner, puis la sirène de l'école en face – je corrigeais des copies sur le balcon —, lorsque, jamais deux sans trois, le carillon a retenti. M'étirant le cou, j'aperçois un homme en chemise blanche et casquette qui se tient sur le perron en bas, l'air sérieux. Viviane ouvre et j'entends «monsieur Lemieux». Ce devait être le chauffeur, Henri avait son taxi attitré. La voiture était là, en effet, un peu plus haut : assis sur la banquette avant dans l'ombre des grands arbres, Henri, presque invisible, semblait fixer le pare-brise comme un automate. Le temps que je descende, il se tenait maintenant debout, bien droit, le coude contre la portière ouverte ; son maintien protocolaire dans son safari bleu poudre, je me souviens, ça m'a fait tout drôle. Viviane était remontée en vitesse éteindre un réchaud et je l'entendais dans l'escalier qui revenait; sans l'attendre, à la Raimu qu'il admirait et auquel il ressemblait en plus petit, Henri me lança d'une voix faussement hilare «tu ne savais pas, toi, qu'il y avait un anévrisme ici…» tout en tapotant la poche de sa chemise immaculée, comme si cette scène l'amusait et devait nous amuser aussi. Je me sentais Marius plus que jamais. Sortant de chez le cardiologue, exceptionnellement seul – Claire s'était fait une entorse –, il avait cru bon s'arrêter en passant. Il était comme figé, immobile, tenant toujours la portière; Viviane, qui avait surpris son geste et qui semblait au courant du rendez-vous, lui dit en arrivant «et puis?…», il répéta «… un anévrisme, là.» Nous étions interdits. Après quelques informations vagues et une ou deux boutades, il se rassit comme s'il était pressé, malgré l'insistance de sa fille pour qu'il monte prendre quelque chose. La voiture noire démarra. Nous sommes restés côte à côte, stupides, à trente ans un anévrisme rend stupide. L'air nous enveloppait d'un film étouffant, comme une espèce de papier ciré.

Le bouffon secret ne voulait pas cesser le travail. Il n'était pas devenu plus grave ou si peu, et n'avait rien perdu de sa présence d'esprit. Lors d'une grève des transports, pendant des semaines il a dû prendre le train, ce qui signifiait souvent une trentaine de minutes debout, aller et retour. Viviane l'accompagnait, heureusement. Sauf qu'un jour où elle le suivait au lieu de le précéder dans le couloir, Henri hésitait, piétinait, cherchant un appui de la main, quand un «*Oh gosh!*» retentit. Selon Viviane, ça venait «du fond du cœur»! Il s'excusa immédiatement: «*Oh lady, I'm sorry, I didn't know you had feet!*»

L'été s'installa, redoublant d'ardeur, le plus incroyable été dont je me souvienne. On apprit que le rendez-vous pour ses yeux à Boston était remis, il fallait d'abord régler la question du cœur. Il n'en parlait pas. Je l'ai vu pendant dix ans dépérir et devenir aveugle sans dire un mot.

9

En pareil cas, le patient peut toujours tenter sa chance sur le chemin de l'insuffisance cardiaque, un an ou deux, cinq peut-être, essayant de limiter les dégâts, d'oublier que n'importe quand la lésion peut surgir ou, pire, qu'à chaque instant elle se prépare. Ce pourquoi on conseille l'opération, et le principal intéressé trouve la force d'accepter.

Henri a été hospitalisé le dernier jeudi de juillet, l'intervention étant prévue pour le début août. Avec Viviane et Sophie, nous lui rendions visite le lendemain. Je me rappelle clairement, l'heure semblait flotter, sans repère, grise sous le ciel gris. Adossé au mur, un peu de travers, un coude contre le dossier de la chaise de métal, l'autre contre une petite table, le sourcil droit tourmenté par l'index, Henri, comme ligoté, sembla durant toute la visite exister devant nous tel un objet. Il donnait l'impression de haïr cette chose en pyjama, qu'il aurait voulu se lever, la regarder droit dans les yeux et lui crier de s'en aller. Tellement là, tellement ailleurs. Pas de conversation, moins que jamais. Chacun de nous trois y allait de sa phrase poreuse, que le métal et les carrelages rendaient encore plus poreuse. Dans cette inconsistance, dans ces minutes de plus en plus malaisées, un geste se faufila, un geste de rien, à peine plus qu'une image. Sur le coup, je l'ai senti fragile et en même temps impérissable ; un souvenir déjà, mais autour duquel sembla graviter l'hôpital tout entier. Nous allions partir : Viviane, s'étant approchée, sortit de la poche de son cardigan une main comme on donne une surprise et caressa d'un geste vif l'avant-bras inerte et blanc de son père, sans le regarder, sans qu'il la regarde – en se mordillant les lèvres, un tic habituel quand elle était préoccupée ou qu'elle voulait peser ses mots, lesquels commençaient souvent par «tu sais...». Des mots de réconfort dont j'avais été le bénéficiaire déjà, que j'aurais voulu lui dire, qu'elle aurait voulu dire à Henri. Cette fois, elle a fixé le mur en silence, comme si elle voulait voir à travers.

10

Nous devions y retourner le dimanche, mais la famille des Lemieux s'étant annoncée, j'expliquai à Viviane que je préférais garder le souvenir de notre première visite. Plutôt l'angoisse pure que les efforts pour s'en débarrasser à tout prix. J'avais trente et un an... Libre de mon après-midi, j'ai téléphoné à Pascal, sans succès, puis j'ai rejoint Arnold et on s'est retrouvés sur le court à trois heures. Je n'avais pas réfléchi que l'hôpital se trouvait à deux cents mètres et que la chambre d'Henri surplombait les arbres. J'ai dû jouer, vouloir gagner et même rager comme d'habitude, mais tout ce que je me rappelle, quand je levais les yeux, c'est la façade entre les branches, la façade vieil or pleine de soleil. Comment cette façade d'un côté de l'avenue, et ces arbres, ce parc, cette terre battue de l'autre, pouvaient-ils appartenir au même monde? Y a-t-il un monde, un seul monde? Et si à l'instant tout ce décor allait craquer et s'émietter en mille morceaux? Pour montrer quoi derrière, oui, quoi? Une idée me hantait entre chaque partie, pire qu'insensée, scandaleuse: qu'on ne peut rien contre la Santé, la Jeunesse, la Beauté. Rien. Il n'y avait rien à dire ni à penser, ce qui force à penser d'autant plus: que la vie est une provocation, la provocation du *trop*, qu'elle est le plus insolent des faits, le fait du trop-plein, que voulez-vous! Je me disais «c'est intolérable», mais c'était tolérable.

Je m'en voulais d'être ce *trop*, trop frais et trop vif pour ne pas sentir à certains instants que la maladie d'Henri en plein cœur de l'été était un problème, une exception dans le cours des choses, un problème, pourquoi ne pas l'avouer, pour lui bien sûr, mais pour tout le monde aussi, et que penser cela faisait de moi un pauvre type, un être bête, bref, un vrai vivant, une erreur, une erreur humaine. Serais-je un jour assez mûr pour penser autrement? Et lui, qu'en penserait-il à ma place? Les places... J'imaginais clairement son «Pfouahh» théâtral et parfait, et le toussotement congestionné qui aurait suivi.

Sitôt rentré à la maison, je trouvai Viviane et Sophie en train de préparer une salade légère, une salade de canicule. J'ai dit: «On pourrait lui faire une visite ce soir – mais courte par exemple»?

11

Ayant persuadé Claire de se reposer, nous nous sommes engagés dans le couloir du cinquième étage à l'heure où les chambres se vident. Par les portes ouvertes, comme une hémorragie, le crépuscule répandait sur tout l'étage une lumière de Golgotha. Celle d'Henri était presque fermée. Il était couché sur le lit, sans ses lunettes, il devait dormir. Viviane lui toucha le coude: «Henri...», elle l'appelait rarement par son nom. Il eut un haut-le-corps et dressa une tête hagarde, le temps de montrer ses yeux comme un éclair de vitrail; l'effort sembla l'oppresser et sa tête retomba. Sophie dit: «Non, papa, reste étendu...» Rien à faire, il tenait à se lever et il prit place avec peine, le visage encore rouge, sur la même chaise que l'autre fois. Il semblait figé, suspendu entre l'après-midi passé et la nuit à venir. Parfois, on peut le lire sur une figure, tout le courage du monde est de savoir attendre. Personne ne se regardait vraiment, comme si c'était un réflexe instinctif. Je me suis approché de la fenêtre. Je voyais là-bas les réflecteurs allumés, les courts pleins de monde. Nous ne savions pas tous les quatre que ces dix dernières années étaient faites pour aboutir dans cette chambre avec vue sur le parc ; quoique, nous le sentions peut-être. Les deux filles en tout cas s'activaient à remplir les moindres recoins de la pièce : et cette visite de l'après-midi ? et le cousin et sa petite, et l'oncle, la tante ? J'ai risqué pour ma part un ou deux boniments. Le masque d'Henri a esquissé une grimace d'indulgence, et les secondes sont revenues s'installer pesamment, sur la couverture bleu pâle, autour du verre d'eau, entre la tige à soluté et la porte de la salle de bain entrebâillée, qui semblait espionner. Je ne cessais de me demander pourquoi, pourquoi quatre-vingt-dix-neuf pour cent du temps, on ne regarde pas, on ne goûte pas, on n'écoute pas. Neuf heures moins cinq arriva finalement. J'ai glissé à Viviane que je les attendais en bas, puis j'ai serré la main de mon beau-père. Elle était chaude et un peu molle, avant de se raffermir à la fin. Un peu moite aussi. J'ai alors osé le regarder en face, mais je n'ai aperçu qu'un reflet, comme d'habitude.

Le lundi, cinq heures durant, il a été opéré, réanimé, réchappé de justesse. Claire s'est mise à espérer tout bas, et tout le monde avec elle. Les médecins parlent du délai crucial des trois premiers jours, on les croit. Henri est mort le jeudi suivant au matin, le jour prévu pour notre première visite postopératoire ; ses sutures coronariennes s'étaient rompues.

12

Plusieurs mois d'août et bien des souvenirs se sont superposés depuis. Bob aussi est mort, sans que je lui dise ce que j'aurais dû, ce qui continue de me poursuivre, surtout quand je vois un type qui joue gros. La semaine dernière justement, j'ai rencontré Barbara. J'en ai parlé, je l'ai toujours trouvée belle, sans jamais lui dire non plus. On s'est assis à une terrasse. Leur mariage s'était défait bêtement, selon ce que Michel m'avait laissé entendre. Elle avait un petit pli sous l'œil, un repli triste qui n'était pas là avant, il me semble. J'étais gêné, je n'ai pas réussi à la faire parler de lui, sauf sur un point. C'était comme Bob à l'envers, entre les photos :

– Pierre-Robert jouait à mépriser les raconteurs d'histoires mais il avait écrit quelques trucs, des espèces de nouvelles. Sur le sport, le tennis, le hockey. Tu le connais, faire parler les choses qui ne parlent pas. Il était tellement mécontent des journalistes sportifs, il était mécontent de bien du monde ! Un jour, un texte sur le hockey lui est tombé entre les mains, un texte d'un intellectuel français prestigieux. Publié selon Pierre pour la simple raison qu'il n'y connaissait rien ! Un type à la radio qui s'y connaissait encore moins avait parlé de la chose, et tout le studio s'était pâmé, évidemment. Pierre s'était mis à crier, c'était pire que le livre ! Il n'allait pas écrire pour ces types-là ! Tout ça, pour lui, c'était du mensonge. Alors il a décidé d'arrêter. J'ai tenté de le raisonner, je lui disais « présente-les, présente-les ! » Tu le connais, il avait tellement en horreur le mauvais goût, il aurait pu frapper. Il n'a pas voulu m'écouter. C'est très dommage, je trouve.

Oui, c'était dommage. À propos de sa mort, elle n'a rien ajouté, elle n'avait pas envie. Je me demande si, à part Michel, les autres le savent.

Pour le reste, eh bien le temps passe, comme en histoire. Viviane et moi entre-temps nous sommes séparés, j'ai fini par quitter la Grèce. J'ai obtenu un poste à l'université, ma conjointe actuelle veut un enfant, bref, ma vie va changer, je risque de devenir un autre Henri. Il faut l'avouer, je commence à comprendre un peu ce type qu'on appelle Sens Dudevoir, je commence à m'exciter avec les mêmes machines que les autres, l'appel s'est fait entendre, j'imagine. Ce qui est drôle, c'est que je suis le plus jeune, et si je compte Pascal, Arnold, Denis, et Bob évidemment, je serais le premier à devenir père. Les histoires ont dû être inventées par un père; le passé est impossible, mais le raconter à son fils est trop tentant.

Je revois mon ex-femme plutôt régulièrement, assez pour que le souvenir d'Henri demeure entre nous. Justement, qui est-ce que je croise rue Sherbrooke l'autre jour, en face de l'hôpital comme par hasard? Jean-François, que Sophie avait rencontré peu après la mort de monsieur Lemieux, comme il dit. Il croit m'apprendre qu'ils se fréquentent toujours; je le savais, mais pas qu'ils comptent se marier. Je l'invite à prendre un verre pour fêter ça, j'insiste, sachant fort bien qu'avec lui un verre est une façon de parler. Moins pour sa compagnie en fait, même si on s'entendait plutôt bien – au chapitre des danseuses et de leurs jambes entre autres –, que pour tout ce qu'il représente, là, devant moi, les quelques bières entre hommes, les quelques sorties ensemble, oh! pas très nombreuses, une petite nostalgie disons, bref, ses éclats de voix me semblent un tonique pour un soir de fin août. Depuis une bonne heure, il parle et je l'écoute, poussé par je ne sais quel démon. Après m'avoir entraîné dans l'enfilade de ses premières amours, il ne peut plus reculer, il débouche sur l'époque où l'on s'est connus. Alors, il écarquille les yeux:

— Je t'ai déjà raconté comment j'avais rencontré la sœur de Viviane?

— Il me semble que c'était au Café Campus, non? Ce n'est pas toi qui te vantais de l'avoir draguée *ad nauseam*?

— Oui, mais ça, c'était un peu plus tard, après la première fois…

— Ah bon…

– La vraie première fois était particulière, je t'assure.

– Ah oui…

Il pouvait être malhabile de trop le pousser.

– C'était à l'hôpital, mon cher, oui, oui, à l'hôpital !

– …

– Tu te souviens qu'étudiant, j'ai travaillé à l'hôpital où le père de nos femmes est mort. Curieuse expression, tu ne trouves pas ? – en fait, nous n'avons pas eu le temps d'être beaux-frères. Toujours est-il qu'un soir, les visites venaient de se terminer, je suis entré sans frapper dans une chambre de l'unité de cardio et je me suis trouvé à surprendre quelque chose, du moins c'est l'idée qui m'est venue. Deux filles se tenaient debout bizarrement devant un patient d'un certain âge, la soixantaine, leur père sans doute ; il avait le teint mauve derrière ses lunettes fumées. Sur le coup, malgré ma confusion, j'ai eu l'impression, comment dire, qu'un « événement » venait d'avoir lieu. Les deux filles avaient beau me tourner le dos, je devinais leur visage en feu. À tel point que j'ai bredouillé n'importe quoi, avant de foncer aux toilettes faire un semblant d'inspection, pour ressortir de la chambre aussi vite.

– Et après ? fis-je plutôt platement.

J'avais calé deux ou trois bières que je portais moins bien que lui et j'étais prêt à le pousser, à élever le ton s'il fallait pour qu'il vide son sac.

– Attends, attends.

– Mais je ne fais que ça, mon vieux !

– T'en fais pas, j'ai dû attendre moi aussi. Sophie, dans un accès d'excitation, tu sais qu'elle peut être folle malgré son côté romantique, Sophie, donc, s'est trouvée à me fournir récemment, sur l'oreiller comme on dit, la pièce du puzzle qui manquait. Tu devines un peu ?

– Absolument pas, veux-tu accoucher !

– Il paraît que tu venais de descendre, comme tout le monde. Henri a demandé à ses deux grandes ballerines de s'approcher. Il avait l'air nerveux. Les deux filles aussi, sans qu'elles sachent pourquoi. Il se met à leur rappeler certains épisodes de leur enfance comme si c'était leur enfance à eux trois. Il rappelle tel fait, tel geste, sa voix reprend de la force :

– J'ai une dernière chose à vous demander si vous voulez, mes darlings.

– Oui, quoi ? elles ont répondu en chœur.

Il dit :

– J'aimerais voir vos jambes, comme quand vous étiez petites.

Le ton de Jean-François m'agaçait, c'est la voix de Sophie que j'aurais voulu entendre. J'ai compris que Viviane et elle se sont regardées et qu'elles ont remonté chacune lentement leur jupe plissée. Puis encore plus haut, en fixant par la fenêtre la lueur des tennis et le soir qui ne voulait pas fraîchir. Henri alors les a prises chacune par un poignet, qu'il a serré fébrilement. L'interphone annonçant la fin des visites, il les a embrassées en silence. Elles se sont engouffrées dans l'escalier de service en dévalant les marches, les yeux en larmes, leurs jupes leur volaient sur les cuisses, leurs escarpins faisaient comme un roulement de tambour.

Plus haut, toujours plus haut !

BADEN-POWELL

Le plus que parfait

1

En architecture, nous savons depuis longtemps que la façade importe et que le style n'est pas accessoire; c'est une question essentielle, et même viscérale. D'ailleurs, je ne suis pas loin de croire que la Nature entière pense la même chose. Du microbe à l'ouragan, de l'orchidée au lion, elle ne poursuit qu'un but, un seul, exprimer, s'exprimer. Quant aux humains, auraient-ils la moins naturelle des natures, dites-moi ce que le cuisinier, le chanteur ou le saint, oui, le saint surtout, peuvent chercher dans la vie? Prétendre le contraire, c'est se réfuter soi-même! Tout ce qui est veut, et tout ce qui veut veut paraître, dans la grâce ou le malaise. La grâce, évidemment, dès qu'elle se pointe...

Dieu merci, je suis plutôt bien de ma personne et ça m'a évité l'humilité. Mais comment être entièrement satisfait? C'est chose difficile, et qu'on dit peu souhaitable. Pourquoi donc? Essayez de l'être, vous verrez, c'est bon pour la santé! Quand j'éteins, impossible de fermer l'œil sans me demander: que vais-je porter demain? Ce jour est terminé, que le suivant soit encore mieux! On a très peu idée de ce que pouvaient penser Démosthène ou Marc Aurèle au saut du lit, mais je devine très bien leur humeur à l'instant d'arborer une chasuble neuve et sa fibule en or assortie. Quelques rares amis à qui je n'ai pu cacher ce détail n'en reviennent pas et me traitent de « Narcisse », ils trouvent que je m'aime « pas à peu près ».

Ils font semblant d'oublier la condition première pour aimer qui que ce soit, est-ce que je dois leur parler de Jésus? C'est leur façon à eux de m'apprécier, j'imagine, n'empêche, ils ricanent un peu fort. Je leur pardonne, ils sont là depuis si longtemps, et puis pourrais-je supporter des amis qui me ressemblent trop. «Simple question de prévoyance, un point c'est tout», voilà le mensonge que je réponds, quand je daigne répondre. Je ne veux pas être méchant, il m'est arrivé de les prendre en flagrant délit au bord du miroir: ce n'est pas parce qu'ils tirent mal qu'ils n'ont pas de pistolet. On ne cache jamais un homme très longtemps, ni une femme d'ailleurs. Quelle jeune fille de seize ans ignore ses points forts et ses beautés? N'est-ce pas.

Est-ce dire que j'aime les «images»? Non, j'en vis! Bien sûr, chacun les siennes. Je pense à Bob et sa contemplation pure et dure. S'il savait, je m'ennuie de nos discussions – j'entends sa voix me lancer: «Pascal! toi et ton stylisme…». Mais il a raison, ce n'est pas au cinéma qu'on doit demander «ce que jamais on ne voit». La bêtise, l'ignorance qui rougit et s'excuse, où sont-elles? Quelle administration demande pardon? Et ce qu'on voit encore moins: la recherche patiente de l'Absolu, les Grandes Expériences. Pourtant, on a *l'impression* de les avoir vues: à la télé, en trente secondes! À force de voir le semblant, on oublie le vrai, Bernard et lui n'ont pas tort. L'avenir est à la poésie, selon eux. Mais la poésie, c'est un peu indicible; trop pour mes goûts fétichistes. Moi je pense que la perfection est faite pour paraître. On ne peut pas s'empêcher d'avoir des images idéales, plus grandes que nous, comment s'empêcher de vouloir en réaliser une ou deux dans sa vie – sinon dans sa mort! Qui ne s'imagine pas mort, qui ne s'imagine pas lauréat posthume? Je peux renoncer à ce que je veux savoir, pas à ce que je veux voir. La magie des magies, le mot le dit, c'est l'image.

Bref, elle nous structure, comme on dit dans le métier. Dans l'épreuve et dans la mort, certes, mais sans aller si loin, je ne perds jamais un match de tennis en image : quand j'y pense, il est toujours sous contrôle, et les balles fouettées atterrissent à l'intérieur des lignes. Et que dire des visions qui nous parlent aux confins du rêve, dans les instants uniques que chacun connaît, dans les œuvres d'art qui nous inspirent fascination et crainte, un peu à la manière d'un volcan ?

La Splendeur existe, la chose est donc entendue. Hélas ! ce serait trop beau. L'animal humain est rétif, il n'est pas fait pour admettre. Si cela était, il s'inclinerait. Au lieu de quoi, il prend la parole et déclare : « Oui, mais… » Au commencement était la Grâce, une seconde plus tard vint la manie de la Restriction. D'où cette vie que nous connaissons avec ses litanies de « oui mais » plus ou moins honteux. Même quand nous admirons, surtout si nous admirons. Et je n'échappe pas toujours au trouble général.

Ainsi, chaque fois qu'il m'est donné d'entendre l'éloge d'un homme hors du commun, à plus forte raison si on doit me le présenter, quelqu'un en moi se lève pour se mesurer. Je ne suis pas le seul. Je connais des hommes de haute taille qui sont plus fiers de cet accident qu'ils ne l'avoueront jamais. Ils n'ont pas besoin d'avouer, on n'a qu'à voir leur insouciance. On les entend penser tout haut : un homme petit, eût-il du génie, ou de taille moyenne, fût-il joli garçon, cela se sent à peine, alors qu'un homme grand est toujours un homme grand. Oui, je les entends, mais on finit fatalement par trouver quelqu'un plus haut que soi.

Mon complexe est plus grave, je l'avoue. Je ne me sens pas menacé, en fait je ne peux perdre. On dit qu'un tel a tout pour lui, ce n'est pas vrai, il suffit d'être patient. Moi le dernier, je reconnais ne pas tout avoir ; simplement, et c'est le point crucial, si on prend une vue éloignée, mon bilan d'ensemble est meilleur. J'ai plus ou je suis plus, ce qui revient au même. Plus jeune ou plus beau, plus fort ou plus cultivé, j'ai plus d'argent et d'expérience, à moins que je ne sois plus élégant, plus serein ou alors plus dynamique, meilleur joueur ou bien meilleur perdant, plus grave ou plus léger, plus romantique, plus classique… Peu importe l'adversaire, je dépasse par un côté, mais essentiel, ou par plusieurs, décisifs ; après tout, les critères, c'est moi qui les choisis. L'opération est automatique, ce qui achève de me convaincre qu'elle constitue en nous un ressort universel. Elle ne dure souvent qu'un dixième de seconde, et le résultat final s'enregistre avec la satisfaction habituelle. Dès lors, je peux redevenir plaisant, et même compatissant.

2

Comment aurais-je pu me douter de quoi que ce soit, et pourtant quand j'y pense… C'était chez des amis où je m'ennuyais paisiblement, ayant tour à tour exécuté les quelques têtes nouvelles de la soirée, lorsqu'il est arrivé sur le tard, en douceur, et j'ai envie d'ajouter : *comme s'il ne voulait rien gâcher*. Premièrement, il était plus grand, plus fort, et même il faut ajouter plus beau, constatations en l'occurrence sans appel. Dès la poignée de main – plusieurs étaient assis et feignaient de se lever –, la seule façon dont il s'est penché en allongeant le bras, ni trop ni trop peu, m'apparut, autant que son air cordial, redoutable d'exactitude. Que les autres aient une âme sur laquelle on peut compter à l'occasion, voilà depuis l'enfance ce dont je n'ai jamais douté. Mais qu'ils aient un corps et ce qu'il comporte de ressources et de possibles, ça… Lui, je l'ai vu immédiatement, il en avait un et le savait, il savait son corps. Il fut par la suite discret mais non secret, réservé quoique présent, juste assez animé. Le ricanement, dont j'ai horreur, on n'en parle même pas. Il se contenta de sourire sans beaucoup rire, encore moins faire semblant, malgré des dents éblouissantes. En cette époque carnassière, il n'y a mon dieu qu'un spectacle plus noble, celui d'une femme qui fait la même chose. Il a ouvert la bouche cinq, six fois, ce fut bien senti, piquant ou drôle, jamais trop drôle ni «à côté». Le banal, le convenu, encore moins le téléguidé, le genre commis voyageur, très peu pour lui. Ce n'était pas pour autant étudié, constipé. La seule fois où l'occasion s'est présentée, il n'a pas voulu avoir le dernier mot. Les «oui, mais» carabinés, il évitait, et à cette élégance du retrait, j'ai reconnu un prince.

Sur le chemin du retour, Stéfanie – à laquelle je n'avais pas confessé le quart de cette manie et qui en devinait sans doute la moitié – tenait le volant avec, dans son port de tête, un rien de désinvolture. Elle m'épiait, ma parole! Pourquoi pas, comme d'habitude quand je rentre du tennis, cet air affairé, cette surdité cuisante aux exploits qui m'habitent? Les femmes s'intéressent-elles, devinent-elles seulement tous ces héros pour qui on se prend? Ce soir-là, elle semblait dodeliner du chef au gré d'une musique intérieure. Cependant, j'étais un rien pensif. En enfilant sur sa peau blanche ce déshabillé de satin pervenche qui m'attire tant, elle m'informa, devançant diaboliquement mes questions, qu'«il avait beaucoup voyagé, oui, pour un organisme international». Ancien animateur au Club Med, «c'est la légende du moins», il occupait maintenant je ne sais trop quelles fonctions auprès de l'ambassade de Grande-Bretagne à Ottawa, tout en séjournant aussi souvent que possible à Montréal, «qu'il adore». Il était passé par Paris et avait même étudié à Oxford, «ce qui donne cet accent léger, si léger, tu vois, mi-british mi-parisien». Si je voyais, si j'entendais! Mais qui diable lui avait pu raconter ce conte de fées en abrégé, ou ce fantasme trop explicite, comme on voudra? Elle laissa même tomber qu'il y avait tâté de la philosophie, au moment pile où elle éteignit, la traîtresse.

Cette précision apparemment superflue aurait achevé d'en déprimer un autre, d'autant que je ne m'étais pas, mais pas du tout, préparé à dormir. Elle m'a rendu au contraire un soupçon de bonne humeur. J'avais long-temps hésité entre la reine des sciences et l'architecture, et pour me consoler je faisais de la philosophie en hobby depuis toujours. *Il* devait me concéder près d'une dizaine d'années, un retard difficile à combler en ce domaine. Mes lectures philosophiques abattaient les siennes, c'est sûr. Dans cet élan, je trébuchai. Pourquoi me l'avait-elle révélé sur ce ton, comme à bon escient, comme *en toute connaissance de cause*? Et pourquoi diable étais-je si pressé de conclure, n'y avait-il aucune autre arène où je pourrais dominer sans devoir me rabattre si tôt sur mes terres? Une mesquinerie que j'ai chassée à la fin, j'étais fatigué subitement, et Stéfanie, qui la soirée durant ne m'avait guère adressé son regard un rien plus bleu que son déshabillé, Stéfanie, le dos tourné, dormait déjà. À moins qu'elle ne continuât à cligner de l'œil.

De toute façon, qui me prouvait qu'on se reverrait lui et moi?

3

Quinze jours plus tard, Carole et Christine nous ont invités au nom d'Édouard – eh oui, la petite touche royale, je n'invente rien. Un pique-nique, avec devoir impératif d'apporter nos raquettes de tennis. Stéfanie a pensé inviter Viviane, qu'on voyait moins souvent depuis sa séparation de Bernard, surtout que Carole et Christine avaient dansé avec elle plus jeunes. Moi, c'est Bernard que j'aurais bien aimé voir, mais serait-il venu seul? Finalement, ainsi va la vie, on n'a invité ni l'une ni l'autre. Édouard habitait l'ouest comme les filles, il passerait nous prendre en dernier. J'avais beau me raisonner, refuser les bêtises, vouloir éviter cette impression récurrente de mesquinerie, je ne pouvais balayer l'idée que le choix d'une voiture juge son homme. J'étais donc prêt dix minutes avant l'heure, ce qui n'arrive jamais, et me voici sur le balcon en train de siffloter d'un air distrait. Dès qu'elle tourna dans la rue, j'en eus le cœur serré. La vieille Jaguar décapotable au teint brun clair, aux ailes arrondies, glissait toute saupoudrée de soleil sous les branches de la Grande Allée, les filles agitant les bras et chahutant fort, une vraie publicité Coke des années soixante tournée à Cambridge ! Il y avait de quoi s'exciter. Une fois tous calés dans les banquettes de cuir d'un brun plus chaud, cette chose divine accéléra sur du velours. Elle semblait s'harmoniser à toutes les couleurs d'une journée splendide, le vert tendre de la fin mai, le bleu ciel, le doré des épaules des filles, le rose et l'ivoire de leurs éclats de rire, c'était irrésistible. Restaurée par un ami, nous dit Édouard, elle lui avait coûté une bouchée de pain. Il me semble… J'en avais les ailes arrondies moi aussi. Plus qu'une voiture, une idée de voiture, celle même dont je rêvais, celle que parmi cent autres merveilles j'aurais choisie moi aussi. « Moi aussi, moi aussi », l'âge bête me rattrapait, décidément j'étais dans un drôle d'état, comme transporté en enfance par ce phaéton couleur caramel, à la fois heureux et malheureux d'y être. Nous roulions en douceur. Une chance qu'il y avait ce déjeuner sur l'herbe, un de mes faibles depuis toujours, moi aussi… Et puis qu'importe si cette journée était *son* initiative ! Nous roulions donc vers le centre dans une atmosphère de couronnement, lorsqu'au coin de la rue Cherrier le feu jaune tomba. La foule des trottoirs et la terrasse bondée nous regardaient, j'en suis sûr. Une seconde, le temps s'est arrêté : le carrosse glissant comme un traîneau, Édouard laissa filer et prit le virage, un orteil sur le frein, un autre sur l'embrayage, et hop! le vaisseau d'or obéit en pleine lumière de midi, ouhh! le rythme, le roulis délicieux, les *girls* et leurs cheveux au vent, tout y était, ni trop ni trop peu. Un vrai triomphe, aux applaudissements près. Accélérer eût été risqué, mais freiner encore bien pire... Dans cette barque céleste voguant vers le parc et sa fontaine, j'étais un rien pensif.

Édouard était plus *beau* que la première fois, je ne vois pas d'autre mot. Souriant, calme et joyeux à la fois, avec cette sorte de prévenance sur le bout des doigts et de la langue que la trentaine laisse d'habitude à la cinquantaine. J'avais beau m'être préparé, je ne pouvais faire pâlir à mes propres yeux la façon suave, unique, qu'il avait de ménager ses réparties, sans les aménager pour autant. Il faisait voir sans discourir, il faisait rire sans mépriser. La main dans l'herbe, la tête nimbée d'une poussière antique, on aurait cru un marbre qui parle. Le buffet, composé de choses simples comme je les aime, était extra, le jambon léger, les poires à point, le pain d'une croûte divine et l'assortiment de fromages équilibré. Bons produits, bonne cuisine! comme dit le maître des toques. La bière et le vin blanc coulaient bien frais, pas de fantaisies inutiles, un heureux dosage, le bonheur, que dis-je, la perfection! Je le guettais mine de rien, il mangeait posément, semblait déguster, avec ses silences toujours, mais lui, jamais on ne le surprenait une bouchée dans chaque main. Diable, avais-je donc affaire à un combiné de Bocuse et de Socrate déguisé en Adonis? Pour ce qui est de ce dernier en tout cas, Christine semblait en être convaincue. Étendue sur un coude, la tête paresseuse, elle frôlait son épaule de ses cheveux, faisait danser sa sandale sur le bout de ses orteils, ses jolis orteils peints en rouge, avant de les promener dans l'herbe, elle qui à l'occasion, pourquoi ne pas l'avouer, aime me faire de doux yeux. Carole, qui le connaissait depuis plus longtemps, restait polie, elle. Quant à Stéfanie, oui, Stéfanie, je remarquais dans son profil chaque fois qu'Il ouvrait la bouche quelque chose de pointu et d'attentif. Elle le regardait, il me semble, comme elle me regardait au début, quand elle complimentait encore mon élégance. Stéfanie, dont je me flattais de connaître tous les visages. Qui a toujours eu la sagesse, ou la faiblesse peut-être, de ne pas me rendre jaloux.

Arrivés sur le court, je lui réservais ce que mon père aurait appelé un chien de ma chienne. Je me souviens clairement de quel pas et avec quelle attitude j'ai pris position en compagnie de Carole, jetant autour un regard altier, les épaules dégagées, inspirant profondément et me disant que la vie est belle – ainsi devait marcher Néron empereur en avalant son raisin matinal. Pour commencer, un petit double, un peu de jeu avant le sport. Les filles se succédaient sur le court en riant, Stef cédant la première sa place, pour mieux nous regarder d'un œil que j'avais tout le loisir d'imaginer. Oubliant mon sérieux habituel, je rivalisais de gentillesse avec Lui, ou contre Lui, riant volontiers aux niaiseries de circonstance, à tout ce cirque qui insulte l'art si noble. Rivalisant, mais ne le dépassant pas ; il était à ce jeu plus simple encore, sans barrières, il s'amusait véritablement. Un prince aussi digne et un enfant joyeux à ce point, ma parole, ce n'était pas Socrate mais le Christ en personne !

Les genoux cagneux, les mains entre les cuisses, les génuflexions et les fous rires pliés en deux, les courses sur le court voisin, toute cette comédie commençait à m'énerver. Heureusement, la fin des préliminaires semblait proche : « Nous, on arrête, on va aller boire un peu, jouez si vous voulez. » Tu parles. Fini l'amusement, place à l'art viril !

Après une petite pause, le Christ et moi avons d'abord échangé quelques balles, chacun de son côté bien détendu. Apparemment détendu, devrais-je ajouter en ce qui me concerne. Il m'était difficile de conclure quoi que ce soit de l'heure écoulée, un débutant aurait pu nous remplacer. Mais maintenant, j'étais décidé, comme on dit, à mettre le paquet. Sur ma suggestion, le set commença. Les balles revenaient avec aisance et régularité, les basses comme les hautes, et pourtant, c'est curieux, je n'ai pas compris tout de suite. À l'œil le moindrement averti, cette innocente régularité signale, que dis-je, atteste le joueur de haut niveau, bien plus que la puissance. Dans le feu de l'action cependant, je relançais superbement. Moi aussi je suis peintre! Et tiens! mes coups sortaient si nets et précis que j'ai réussi à gagner sur de longs échanges la première partie. Il a égalisé aussitôt, avec un service très sûr dont il n'utilisait pratiquement jamais la deuxième balle. J'ai repris l'avance, 2 - 1, mais à quel prix! Là où j'y allais de mon meilleur calibre, de toute mon énergie et un peu plus, les jambes déjà tremblantes, Édouard, lui, semblait réellement prendre plaisir à s'ajuster. Mes plus beaux retours le trouvaient assis sur un siège invisible, genoux fléchis, jarrets tendus, tôt sur le bond, s'étirant juste ce qu'il faut pour délivrer une balle brossée profonde, pressante, oppressante, neuf fois sur dix loin entre la ligne de service et la ligne de fond. Soudain, de temps à autre, c'est sa raquette que ma balle trouvait juste au-dessus du filet, une balle que je ne revoyais plus, tout son corps faisant un signe magnifique, celui qu'on voit photographié dans les pages sportives ou sur les couvertures des magazines: *le* joueur. Il ne laissait jamais partir un coup en fou, aurait dit encore mon père, ce que même les meilleurs se permettent à l'occasion, restituant au tennis sa beauté unique, à la limite de la force et des nerfs, du calcul et de la fantaisie. Mon père, mon père, que diable! le mien n'avait jamais joué au tennis, pourquoi me venait-il à l'esprit, n'avais-je pas tué tous ces symboles depuis longtemps? La constatation, n'est-ce pas, s'imposait: j'avais affaire à une maîtrise, à un artiste dans l'ensemble et dans les détails, que j'aurais davantage apprécié depuis les tribunes. En attendant, de l'autre côté du filet, je me défonçais pour faire sortir de ma raquette les coups les plus mirobolants. Le match en était devenu captivant, sur le banc, les filles ne riaient plus, elles applaudissaient sans pouvoir retenir leurs petits cris entre les «tap» sonores, et de bruyants soupirs sur les chutes de points, les miennes en majorité hélas. Quel joli concert! Pouvais-je résister là où de grands joueurs, les plus grands eux-mêmes ne le peuvent? Souvent sur les talons, je retournais tout ce que je pouvais. Je retournais aussi quinze ans en arrière. C'était sur les mêmes courts, mon premier tournoi intermédiaire, en seizième de finale contre un certain Gordon, lequel devait terminer sa carrière à l'échelle nationale. Comme Édouard, il forçait juste assez pour que le match soit intéressant de *son* point de vue. Une fois rentré, j'avais été si fier de dire à mon père – encore lui! –, dont le menton semblait m'attendre derrière son journal, que j'avais gagné une partie, la plus belle de toutes! Mais je n'étais plus un enfant et mon tennis avait pris du coffre. Édouard ne semblait pas le savoir et il remporta toutes les autres parties: 6 - 2. Je n'avais nulle envie de continuer, il eut le tact de prétendre que lui non plus. Que pouvais-je me reprocher? N'avais-je pas joué remarquablement, n'avais-je pas été du spectacle après tout, mais Édouard avait par le passé signé bien d'autres performances, et des meilleures, je le savais d'une terrible certitude. Tandis que nos fans en délire nous entouraient pour nous embrasser, je restais congestionné, les deux mains sur le filet, rouge comme une rhubarbe devant Lui, souriant, fraternel, candide, sans l'ombre d'une arrière-pensée traversant son beau regard gris, une couleur de franc-tireur qui ne se prête pas d'ordinaire à un regard d'enfant. Lessivé et admiratif devant cet air autant que cet art dignes de la Coupe Davis, je l'épiais tant bien que mal derrière ma serviette, essayant de comprendre, de capter une trahison, si discrète soit-elle. Mais non. J'étais seul traître et j'en avais un peu honte. Perdre *contre* lui était un moindre mal tellement il donnait envie de jouer encore et encore *comme* lui, ce qui s'avérait le tennis à son mieux, le tennis pour le tennis. Il se tenait aux deux extrémités, comme disait mon célèbre homonyme: s'il avait joué du piano – en jouait-il? –, ç'aurait été Brendel, s'il avait dansé – dansait-il? –, ç'aurait été Noureev, un Noureev qui aurait battu Sampras en finale de Wimbledon. Aux deux extrémités, oui, sur tous les plans. Le *fair play* en personne, Édouard ne m'avait pas non plus laissé gagner, nulle complaisance dans son attitude. Je dis nulle complaisance, sans savoir au fond. Aurait-il pu m'écraser? J'aime mieux ne pas y penser. Non, cela aurait été déplacé et la noblesse du tennis n'est-elle pas affaire de *placement*? Il m'avait placé au même niveau que lui, j'en suis sûr, comme un véritable adversaire. Édouard était parfait, soit, il avait surtout l'art de ne pas faire de vagues avec cette perfection. Cela, qu'on me comprenne bien, dans un espace de compétition où les sens sont à vif, sans parler de l'amour-propre, oui, notre armure propre. Dans une vie où l'un compense par le portefeuille, où l'autre s'ampute l'âme à chaque jour pour gagner, là où tout force et s'efforce, je ne voyais ni l'effort ni la compensation d'Édouard.

Ensuite, il y a eu cet incident un soir de juillet. Une soirée anormalement fraîche, avec une pluie de fin septembre. Je venais juste de quitter Denis après un petit billard avenue du Parc, lorsque au coin de Laurier j'aperçus un type en trench-coat, le col relevé, quelle ligne! un vrai film de série B. J'avais beau me hâter vers ma voiture, porter le style Bogart comme ça sur plus de six pieds n'était pas permis. L'index en l'air, il cherchait un taxi, lequel se faisait attendre. Il n'en laissa passer qu'un. Le reste de la scène n'a pas duré dix secondes. Une voix cria : « TAXI ! » On se serait cru à l'opéra. Je n'avais jamais entendu pareille autorité, le carrefour entier semblait pétrifié, les passants aux quatre coins ont levé les yeux de leurs chaussures, une voiture a stoppé, et quand la portière s'est refermée, derrière la main qu'il se passait dans les cheveux, j'ai eu le temps de reconnaître Édouard, lequel s'adressait à un chauffeur très attentif. Ainsi Dieu appela-t-il l'archange Gabriel pour rentrer au bercail le soir du sixième jour – en se maudissant d'avoir inventé la pluie.

Dès lors, j'ai commencé d'être ému. Que se passait-il avec lui, avec moi ? Ce n'était pas seulement ce que je voyais, ce qui paraissait, c'était le reste, dont ces apparences n'étaient que le signe. Ce dernier trait étant capital : dans le métier, je salive pour la forme, mais la fonction me parle aussi. À quoi renvoyait le *code* que j'avais sous les yeux ? Bien sûr, des artistes arrivent à produire des œuvres plus parfaites qu'eux, à force de concentration en un point donné du meilleur d'eux-mêmes. Mais Lui, ce n'était pas une partition ou un poème sur lequel on met des années, c'est la machine en acte qui s'exprimait, là, en « temps réel » pour employer le langage de mes collègues ingénieurs. Dire que sa supériorité ne grinçait de nulle part est un euphémisme, elle ne pesait rien, se posait à peine, et parlant de pose, surtout, oui surtout, elle ne posait pas. Les filles admiraient, fort bien, mais sans se douter que l'exploit révèle souvent une fêlure chez nos rivaux, une fêlure symétrique à l'exploit. C'est le prix de la veste sur le revers du poignet si l'on veut, qui leur casse le cou au moment où ils paradent. Tout maîtriser en même temps est si difficile. Alors que Lui... Cette magie n'était que la partie visible de l'iceberg. « Ni trop ni trop peu » est la maxime que j'avais faite mienne depuis longtemps, je croyais l'honorer, je croyais être le classique parmi tous les baroques. Lui, il était encore plus « ni trop ni trop peu » que moi ! Il me donnait envie de croire. D'être séduit. Son image était plus exacte que l'image idéalisée que je pouvais me faire de moi-même. Il était plus qu'une image, même parfaite. Comment lui faire justice, sinon en le déclarant *plus que parfait.*

4

Édouard nous avait promis des fleurs de son jardin, c'était à la mi-août. Comme l'orage menaçait, sitôt descendu de sa Jaguar il voulut repartir. Stef et moi allions sortir pour notre promenade d'après souper; sur notre insistance, il accepta de nous accompagner au bord de l'eau. Nous longions le parc Stanley près du pont, les propos voltigeaient d'un sujet à l'autre, sans suite, pendant qu'à l'horizon, sous les nuages plombés, filtrait un laser aveuglant répercuté par la rivière. Admirable et froid, tel était le spectacle. Sur cette beauté dramatique digne des paysagistes anglais, nos voix semblaient d'accord, jusqu'à leur accent. C'était trop beau. J'ai voulu casser cet accord et me suis mis à parler des rapports homme-femme. Pour rien, pour voir. Je l'espérais gêné, vulnérable peut-être en ces matières où les idées toutes faites sont mal vues, et l'absence d'idées pire encore.

— Bien sûr, Édouard, fis-je après un départ innocent, il y a beauté et beauté, le contexte peut tout changer. Qui donc disait : « Ne jamais déclarer une femme laide tant qu'on ne l'a pas vue dans le plaisir de l'amour » ?

Prêt à me contrefaire, à bousculer le texte, j'avais préparé cette citation pour le provoquer. Mais c'est du tac au tac qu'il répliqua :

— Oui, pourvu qu'on se rende jusque-là !

Ils se sont mis à rire à l'unisson, d'un rire léger… Je cherchais quelque chose pour me dépêtrer, n'importe quoi. Et puis qui avait eu cette maudite idée de promenade? Les courants d'air frais venant de la rivière me glaçaient les côtes, la présence physique de Stéfanie entre nous deux me brûlait le visage. Ne se tenait-elle pas plus près de lui, plus loin de moi, plus que jamais?

– Mais là où tu as raison, Pascal, poursuivit-il heureusement, dans cette histoire des corps et des beautés on n'a jamais fini d'en apprendre. Parfois les yeux disent oui alors que l'âme devrait dire non ; mais que fait-elle ? on le devine. Parfois au contraire, elle est touchée, mais c'est le corps qui hésite ; et alors, lui, que fait-il ? on le sait bien. L'amour, c'est tout de même autre chose que la prière ou la cuisine…

– Ouais, fis-je, sans réfléchir.

Sur une distance de quelques pas, j'essayais de gagner du temps, de reprendre mon équilibre en m'assurant de frôler le coude de ma femme. Elle le regardait, il me semble, et vice versa. Édouard poursuivait :

– … Il faut faire la part du goût, c'est évident, mais il semble que l'âme se trompe moins. Quantité de coucheries décevantes d'un bord, rarement un regret de l'autre. Non ? L'idéal au fond serait un troisième œil…

Que voulait-il dire ? Je n'étais pas en état de relancer.

– J'aime assez cette idée, dit Stéfanie, en opinant du menton d'une façon tout à fait inappropriée.

Elle aurait pu noter ma mine. Son petit côté ésotérique parfois…

– … Cet œil, vois-tu, qui nous apprendrait que sur le coup les yeux se trompent, même en matière esthétique. L'oreille ne sait pas à la première audition, pourquoi les yeux feraient-ils mieux ? Ce qu'il faudrait, n'est-ce pas, c'est un corps patient, imaginatif, qui comprend que la beauté est une construction lente, un *work in progress*.

« Vois-tu, vois-tu… » Je voyais tellement que je n'osais plus regarder Stéfanie. Je la sentais sourire béatement – avec mon troisième œil. Il s'était tiré du guêpier délicatement, la flûte plutôt que les violons. Façon de parler, car justement, sous les nuages violacés, le laser persistait et je continuais d'entendre les violons de la sonate de Ravel que j'écoutais avant de partir, leurs coups d'archet piaffants, stridents répondaient à la déchirure du ciel, un véritable « son et lumière » sur l'Acropole. Entre son et lumière quelque chose détonnait toutefois, et je me disais « il ne peut pas sentir cela autant que moi ». Même que mon humeur goûtait ce double décalage. Je n'aime pas les accords faciles, j'aime trop l'accord parfait.

Sitôt la colombe envolée, il s'est mis à pleuvoir. Il était vingt heures trente, une soirée coupée en deux. Dans le sillage de son absence, Stef a proposé qu'on sorte voir un film, la pluie lui donne des envies de cinéma. Et certaines promenades, des envies d'acteur, me suis-je dit. Elle faisait semblant ou quoi ? J'ai refusé un peu sèchement, pour mieux me changer et ressortir sous l'averse. Je courais, je marchais, je marmonnais. Mais je ne trouvais pas de mots pour le dénigrer – de mots vraiment convaincants –, et peu à peu la pluie m'a semblé douce. Était-ce donc sa faute s'il pouvait être sensible comme tout le monde, mais aller plus vite et plus loin que personne ? Si lorsqu'une de mes fibres rebelles lui résistait, c'est Stéfanie qui me rappelait à l'ordre ? Ne demeurait-il pas l'Innommable, le Comble ? Disons-le autrement : je ne pouvais imaginer quelqu'un qui serait *son* Édouard. Ce qui m'achevait, c'est qu'ayant tout, la beauté, l'intelligence et le reste, il y ajoutait la discrète envie de plaire d'un mortel ordinaire. Comme si lui aussi avait un péché originel à se faire pardonner.

5

Trois semaines plus tard, il téléphona un soir ; on l'appelait d'urgence à Ottawa, il nous offrait deux billets de spectacle pour le lendemain. Trop pressé pour prendre le thé, debout dans le living, il a parcouru les murs des yeux. Il s'attardait ici et là par politesse, je ne m'attendais qu'à quelques compliments de circonstance sans plus. Ou plutôt, le voyant faire, je me suis mis à le souhaiter. N'ayant cette fois rien prémédité, je le jure, l'occasion était belle de surprendre Édouard en flagrant délit d'ignorance, si légère fût-elle. J'avais un tableau qui laissait quelques amis songeurs, mais qu'un collectionneur ou deux à Montréal m'enviaient fort : acheté à New York avec Stéfanie à l'automne 1979 lors d'un encan sélect, un coup de tête un peu snob je l'avoue, mon premier achat sérieux, de ceux qui nous brûlent le gosier au lever du marteau et qui brûlent aussi nos premiers chèques de paie. Édouard, donc, perdit quelques instants devant nos deux armoires traditionnelles, qui le méritaient bien, puis devant tel vase de Murano, lorsqu'il aperçut enfin la chose. Il s'avança, l'air intrigué puis captivé, et soudain, radieux, se tourna vers moi : « Mais ma parole, c'est l'*international Klein blue* ! Comment diantre peux-tu avoir un Yves Klein chez toi ?! » J'étais ravi et… furieux. Qu'est-ce qui l'emportait, ma volonté de puissance flouée ou mon désir de reconnaissance satisfait ? Sans parler de cette communion d'un instant. C'était à moi de lui demander comment ! Comment l'aimer, il me privait de tous mes privilèges. Comment ne pas l'aimer, il reglaçait mon ego de sa culture, le plus exquis bonheur. Comment lui rester insensible, il ne cessait de me déstabiliser et de m'informer sur moi-même. Surtout, arriverai-je à le dire, ce n'est même pas que je n'étais pas de taille, c'est qu'il était toujours nouveau, déconcertant, il épuisait de sa différence mon désir d'égalité.

On avait convenu se voir à l'Action de grâces chez Carole, qu'on aide chaque année à fermer sa maison de campagne pour l'hiver. Mais j'allais oublier qu'auparavant j'ai entrevu Édouard lors du premier vernissage de la saison chez Taylor, le temps de quelques salutations. Je ne dois pas vouloir me souvenir que je portais bêtement, d'une station à l'autre, une boîte encombrante, laquelle n'était pas sans rapport avec Lui. La mode des talons cubains sévissait et j'avais remarqué de magnifiques bottillons chez Betty's que je n'arrivais plus à m'enlever de l'esprit. Me croyant décidé, sitôt dans la boutique je les pointai du doigt, les essayai, ils m'allaient bien, confortables même, mais j'hésitais. Une lutte intérieure s'est engagée comme devant un dessert redoutable, à cette différence que la chose m'apparaissait bien plus importante qu'une affaire de gourmandise. Aux prises avec un commis maniéré et mal élevé, j'ai fait quelques pas autour des étalages, de plus en plus contrarié par un drôle de malaise. Pour sentir à la fin la cause de cette gêne : *Il n'achèterait pas cela.* Je suis sorti avec une paire de mocassins classiques à talons plats. La première fois de ma vie consciente qu'on me corrigeait dans mes choix esthétiques, en flagrant délit de changer l'essentiel. Humilié ? À vrai dire, non, ce n'était pas cela. Le cas était plus grave et dépassait l'amour-propre.

Fin septembre, un jeudi soir, il y a eu cette rencontre encore plus cocasse. Je me hâte rue Crescent en direction du bureau, les trottoirs sont animés, on sent dans l'air et dans les yeux quelque chose d'électrique, la fin de l'été exagère, précieuse, improbable, c'est alors que j'aperçois de façon machinale – oui, la curiosité est une machine chez moi, j'entraperçois, devrais-je dire, non pas sur la terrasse mais à l'intérieur du Smiley's, derrière les portes patio grandes ouvertes, sur la droite contre le mur, Édouard et Christine en tête-à-tête. Édouard me tourne le dos, Christine ne me fait pas signe, j'entre évidemment.

Je suis intrigué, c'est certain. Carole, j'aurais pu m'y attendre, elle connaît Édouard depuis des années, mais Christine? Je l'ai dit, je croyais lui plaire et elle me plaisait. J'aime sa démarche sautillante sur la pointe des pieds, ses jambes bien formées, ses épaules pleines et ses seins fermes, il y a en elle un excès délicieux, de la femme sur la féminité. En toute innocence bien sûr, et je me demande si ce n'est pas de voir Édouard là qui me choque, sans que j'ose me l'avouer.

Il est mal à l'aise aussi. J'essaie de le dérider, rien à faire. Que se passe-t-il? Comme si l'image en moi descendait l'escalier. Entre elle et lui, ce serait… Cela me semble impossible. Entre qui que ce soit et lui d'ailleurs. Je n'imaginais pas le voir un jour dans cet état… normal. Son sourire est un vernis, sa poignée de main sans chaleur. Le malaise refoule ma curiosité, je perds de plus en plus mes moyens. Visiblement, je dérange, je le dérange, alors que Christine fait de louables efforts pour m'envelopper de ses yeux comme d'habitude, elle a le teint plus coloré toutefois. Nous échangeons tous deux quelques balivernes, et c'est avec un sentiment indéfinissable que je renvoie le garçon, prétextant deux clients qui m'attendent au bureau. Une fois sorti, je regarde ma montre et me souviens qu'effectivement des clients m'attendent pour la signature d'un contrat.

Deux heures plus tard, repassant devant le Smiley's, j'étais pensif, et ce n'était pas à cause du bureau. Je me promettais de téléphoner à Christine sitôt rentré, mais Stéfanie chantonnait quand j'ai poussé la porte. De retour plus tôt que prévu, elle avait pris la peine de mettre un disque, préparé une escalope et un risotto dont elle a le secret, ce sur quoi, lui annonçant que la signature était dans la poche, tout me laissa présager une de ces soirées coulantes où l'on se demande, non pas si, mais à quelle heure on va faire l'amour – et j'oubliai le téléphone. Il a sonné vers neuf heures, c'était Christine. Elle voulait, me dit Stef, préciser les détails du week-end de l'Action de grâces à la campagne.

6

Le samedi, je suis passé chercher des bagels rue Fairmount, des charcuteries à La Vieille Europe et du saumon fumé chez Waldman. Nous sommes arrivés au chalet de Carole dimanche vers les onze heures, Édouard et Christine étaient là depuis la veille. Rien ne transparaissait de notre récent fiasco.

En après-midi, on a rangé, plié, balayé, passant un dernier coup de tondeuse où il fallait. Les choses allaient bon train, farces et moqueries comprises. Ce dont tout le monde se félicitait, sauf Christine qui semblait absente ou énervée selon le moment – à mes côtés du moins. Avec les filles, avec Édouard, elle rayonnait. Va donc savoir!

Le soir, il faisait doux. Sur le perron grillagé, à mon instigation d'ailleurs, nous avons joué aux ombres chinoises, au cadavre exquis, puis on est passé aux charades, agrémentées de quelques digestifs. Christine, en pleine nostalgie culturelle, a évoqué les *Beaux Dimanches* de nos quinze ans, on a fait chorus, quelles soirées de télé c'étaient! Jusqu'à ce que Carole verse une larme ironique sur celle que nous étions en train de rater. Édouard se tenait un peu en marge et me laissait l'initiative des jeux.

La promenade du lendemain était obligatoire. L'humidité mauve et le tapis de feuilles mortes à chaque pas nous ramollissaient, ou bien le lit chaud du matin! Mais avec qui Édouard avait-il couché pour être à ce point tantôt blagueur, tantôt silencieux, toujours serein? Nous épousions son rythme, laissant le temps au temps, la vie à la vie. Il était le gardien du silence, on écoutait encore lorsqu'il se taisait. Comme la plupart de ceux qui s'abreuvent en lectures de toutes sortes – ce qu'on appelle être cultivé – je croyais de bon ton les «savez-vous…» et les «il·paraît…». Lui, il *disait* tout court: c'était banal à première vue, puis on était comme forcé de s'arrêter, et finalement le sens venait titiller l'esprit. Par exemple, dans le sous-bois, au détour d'un sentier il pouvait dire: «Le silence est drôlement éloquent aujourd'hui, écoutez… – un craquement lointain, un ruisseau venaient révéler le silence – écoutez bien! tout à coup qu'il se tairait.» Des intonations dignes de Gérard Philippe, à la hauteur de ses paradoxes. Je refusais de bouder, y allant de quelques sarcasmes sur nos chères cow-girls en chemises à carreaux, tâtant de sujets plus ou moins écolos, bref, je participais. Nous avons eu faim de bonne heure. Les taquineries ont repris autour de quelques grillades et d'un Saint-Émilion apporté par Lui. Le poêle à bois s'est mis à ronfler dans la nuit tombante et je n'avais qu'une envie, m'affaler sur le vieux divan après un ultime morceau de gâteau, lorsque les filles ont commencé à se tirer les linges des mains pour savoir, de cette foutue vaisselle, qui allait faire quoi. Nous nous sommes portés volontaires, moi autant que Lui. Résultat: une bordée de grimaces et un dédaigneux revers de la main. «Assez de poésie pour aujourd'hui, oui, oui, vous avez bien entendu, on voudrait papoter entre femmes si ce n'est pas trop demander!» Le divan était trop près, elles pouvaient changer d'avis; la ceinture défaite, mon ventre de béton s'est traîné jusqu'au *lazy-boy* de la véranda. Entre l'eau noire et le ciel brun comme les collines, flottait une nuée à la Mark Rothko: il ne ferait plus chaud avant des mois. À l'intérieur, l'atmosphère n'en paraissait que plus accueillante; Édouard se tira un siège.

Il se met alors à me presser de questions. Des questions précises sur ces intentions vagues que cache une carrière : qu'est-ce qui m'a fait choisir l'architecture plutôt que la philosophie, est-ce que le hobby va un jour l'emporter sur le lobby, comment notre bureau a-t-il noué des liens avec les milieux gouvernementaux, etc. Je suis plus en verve sur le hobby que sur le lobby, il demande quels thèmes m'intéressent. Me voyant répondre par des parenthèses compliquées, et sans doute excessives, il doit sentir, et point besoin d'être Édouard pour ça, combien le désir d'enseigner me démange. J'ai donné quelques cours d'architecture à l'École, mais mon fantasme, c'est d'en donner en philosophie. Qui sont mes auteurs, ai-je sur eux quelque thèse personnelle ? Il ne me lâche pas. Je nuance, il enchaîne avec des questions bien ajustées. Il sait les réponses peut-être ? Et puis non, il reçoit mes propos d'un air ravi. Un client qui bâille me fait perdre mes moyens, Édouard au contraire me donne en cet instant l'impression d'être important. Oui... Dehors, le pan de la nuit s'était dressé, les filles nous ont rejoints, nous avions l'air trop bien sans doute. Déjà, il fallait songer à rentrer.

Stéfanie tenait le volant au retour, comme toujours le soir. Je ne déteste pas garder mes distances, sauf sur la route ; elle adore conduire ma petite BMW, elle est plus prudente et je le lui rappelle volontiers, aussi souvent qu'elle me rappelle mon art du sandwich en été. Ainsi, mes nerfs peuvent se confier à ce cinéma de phares et d'ombre, à cette lumière de grotte, et quand je sors de ma rêverie, j'épie son profil sous la lueur bleutée des cadrans – elle est belle. Il se faisait tard quand on a traversé la rivière. On a quitté la voie rapide, j'avais baissé ma vitre, un fin brouillard presque tiède flottait dans les rues désertes, à croire qu'il avait voyagé du lac avec nous, une ambiance délicieuse, presque hypnotique. Il y a de ces instants qui sont comme des signets dans une année. Songeant à la saison qui se terminait, à l'astre implacable qu'elle avait vu paraître, je me disais qu'au tennis dès la première fois un certain style s'était imposé, que rien depuis n'avait démenti. C'est si simple, le style, si fort, rien ne s'impose autant. On peut perdre, tant qu'on ne perd pas le style : « Tes jambes gagnent, mon cher, ou ton acharnement, mais tu ne sauras jamais frapper une balle comme moi. » Sauf qu'au tennis ou ailleurs, il indique autre chose. Quitte à me répéter, ce n'est pas une question d'intelligence, ni de trouver la chose sympathique ou non, il s'agit de cette Substance première, de ce qui se déploie, s'exprime et nourrit ; de ce qui élève. La Nature, je vous dis. Édouard, lui, quelle était sa nature ? Plus qu'une balle, qu'un jeu, ce sont les situations les plus diverses qu'il savait décoder. Oui, décoder, tout en trônant au sommet de la réalisation, mentale et physique. Il était poète, le vrai poète, Bernard et Bob me pardonnent. Le vrai moraliste aussi. Quand on y pense, le vertige de savoir, ce qui s'appelle savoir, nous visite au mieux quelques instants dans une vie, assez pour entraîner une impression de triomphe avoisinant la folie. À moins de promener une fausse modestie éternellement pathétique, il y a de quoi sortir tout nu de son bain en criant dans les rues ! Rien de tout cela avec Lui. Pas d'hystérie ni d'hypocrisie. Il ne croyait pas devoir payer le prix d'être *plus* en jouant la comédie de paraître *moins*. Il sonnait juste. Comme s'il n'y avait pas de personnage dans cette personne, à moins que ce soit le contraire, comme s'il n'y avait rien à *protéger*. Pourtant, si on m'avait dit « cet homme est un super robot », j'aurais répondu qu'aucun robot ne peut avoir une touche aussi *personnelle*. Étais-je en train de devenir maboule ? En tout cas, ceux qui peuvent comprendre comprendront, c'était effrayant de beauté. La porte du garage se referma et Stéfanie retira la clef de contact.

7

Je me revois marcher d'un bon pas en cette fin octobre : j'allais retrouver Édouard ! Rognant parfois sur mes heures de bureau, je lui donnais rendez-vous pour de longs cinq à sept rue Laurier ou Crescent. Il s'intéressait surtout aux Grecs et à l'idéalisme. J'ai mentionné un soir le nom de Berkeley, il me dit ne pas le connaître, ce qui m'étonna. Il s'empressa de rectifier qu'à Oxford c'est la théologie qu'il avait commencée, avant de couper court après deux semestres. Quoi qu'il en soit, le fameux «être, c'est être perçu… et rien d'autre !» le mettait dans l'admiration. Que l'univers ne soit qu'une suite de perceptions, que les réalités matérielles deviennent donc inutiles et le monde «extérieur» privé de sens, ce monde n'étant qu'un cinéma-dans-notre-conscience supervisé par Dieu, voilà qui le comblait d'une joie enfantine. Quand je raffinais sur l'élégance d'un enchaînement de raisons, il me lançait «l'architecte n'est jamais loin !», ce qu'il soulignait en m'appelant «Pasqualé». Le côté italien qu'il avait bien saisi, Lui, même si, né Frate de père romain, mon prénom était bel et bien Pascal, et mon italianité plutôt discrète. Toujours est-il que, transitant de Berkeley vers Schopenhauer qui le prolonge, j'allais lui en donner une interprétation d'architecte justement, lorsque Édouard bondit :

– Ce n'est pas juste ! dit-il très fort en riant, voici une de mes idées ! Le monde est *mon* monde, n'est-ce pas la vraie pensée que le dernier des hommes sent au moins une fois dans sa vie ? Ça va loin, non ? Tu sais que j'ai une contre-thèse là-dessus, mon cher, parfaitement, ou une parathèse ! Suppose qu'on dise plutôt : ton monde est mon monde…

Je n'étais pas sûr de comprendre ; qu'importe, Il était si beau à voir. J'aperçus dans cet enthousiasme le début du commencement d'une faille, quelqu'un qui s'emballe est quelqu'un qui s'expose. Mais il continuait :

– En effet, suppose que dans des circonstances inouïes, pas de maladies, de virus, etc., une espèce d'hommes ait vécu depuis le début des temps. Sur des générations et des générations, les nouveau-nés sont venus s'ajouter sans que les premiers meurent pour autant. Leur « continuité » et ce que nous appelons l'éternité, leur monde et *le* monde, leur temps et *le* temps sont devenus une seule et même chose, tu me suis ? Tout comme leurs émotions sont moins certaines, car c'est la mort, le définitif qui structurent, comme tu dis, notre vie affective. Dans leur vie, toutes les erreurs peuvent être réparées, rien n'est fatal, rien ne se produit une seule fois. Suppose maintenant que ces hommes soient frappés d'un mal inconnu et qu'arrive la Grande Faucheuse. Un tel par exemple est mort hier après cent mille ans – tu me suis toujours ? –, que se passerait-il ? Devant un premier, puis un deuxième cadavre, ces hommes millénaires ne pourraient croire ce qu'ils voient. Que la conscience en *quelqu'un* puisse cesser leur serait impensable. La conscience et la vie pour eux seraient fusionnelles depuis trop longtemps. Seule solution : que tout ce vécu se transporte, non pas dans un autre monde, mais en d'autres corps, ceux qui restent ! Il n'y aurait pas pour eux d'expérience privée, pas de conscience fermée sur elle-même, ils n'y croiraient pas. La mort individuelle ne serait qu'un de ces « raccords » comme on en vit chaque matin après le sommeil. L'essentiel du « je » serait transportable, pas de « subjectivité » tienne ou mienne, une seule grande « Subjectivité ». Plus de jalousie, plus de guerres, Pascal, la coïncidence des esprits qui efface la différence des corps ! Ce n'est que parce que nos histoires sont si courtes que nous les trouvons cloisonnées ; dans ce monde d'immortels, le général annulerait le particulier, les histoires privées coïncideraient, la Paix dans le monde serait une affaire de famille. Dans un corps ou un autre, la même vie continue, la même pensée pense, voilà ce que ces hommes vivraient!

Édouard était excité, et je l'étais aussi. Je n'osai suggérer que tout cela pouvait rappeler certaines spiritualités. Peut-être voulait-il me tester? Diable! Pourquoi cette idée, pourquoi toujours cette paranoïa? Repenser l'humanité en cinq minutes, qui dit mieux! Les gorgées de bière se succédaient, machinales. L'instant était *présent*, ô combien. Pour secouer cet unisson quasi douloureux, j'osai objecter: «Édouard, qu'est-ce qui nous empêche de croire cela tels que nous sommes, que l'expérience vécue en moi ne cesse que pour continuer dans un autre, et que c'est là notre éternité?»

– Mais, Pasqualé, tu ne peux pas, c'est affaire de mémoire. Pense qu'un bruit, nous ne faisons pas que l'entendre, nous le réentendons, le redoublons, ne serait-ce qu'au niveau réflexe, le temps nécessaire pour en faire un signal ou de la musique, ou le renvoyer au bruit, et il en va ainsi de toute chose. Notre mémoire ordonne le micro et le macrocosme. Peux-tu imaginer un travail sans mémoire, un film sans mémoire, un baiser sans mémoire? L'instantané est aussi impossible pour la réalité humaine que l'éternité; nous vivons dans des intervalles moyens et dans l'incapacité de les dépasser. Notre passé a son cran d'arrêt, nous nous souvenons que nous n'avons pas toujours été. Non, c'est mal dit. Nous sommes appuyés sur un non-souvenir fondamental: nous n'avons pas toujours été, nous ne serons pas toujours, *avant* comme *après* relèvent des autres. Les mots nous donnent l'illusion de sauter cette clôture, c'est vrai, nous parlons d'éternité, mais nous avons vu mourir des êtres, et notre pitoyable pouvoir de parler après eux, sur eux, sera celui des autres sur nous. Les hommes que je viens de rêver n'auraient pas ce problème de la *séparation*. Ils n'auraient pas eu à inventer l'Histoire. Ils n'auraient jamais eu besoin de se survivre, donc de créer autant de symboles, ils auraient peut-être même très peu parlé…, tu comprends?

– Mais, Édouard, tes humanoïdes ne s'amélioreraient jamais, ils ne confronteraient jamais leurs différentes visions, leurs différentes perceptions de la même chose…

– Mais qu'est-ce que nous donne notre petite recherche interminable de la vérité? Eux, ils n'auraient pas à savoir, leur intuition suffirait, ils n'attendraient pas de léguer à leurs enfants un monde meilleur, il n'y aurait pas de legs, ils vieilliraient avec ce monde. Ayant tout vu et son contraire, ils vivraient dans un doux scepticisme aussi bien notre logique et notre progrès que nos cadres de pensée, tu comprends? Ils feraient une éternelle moyenne avec les écarts, les excès et les catastrophes. Est-ce qu'il t'arrive de songer, Pascal, qu'un jour il y aura un monde d'*après* la science? Moi, je ne sais pas, mais s'il y en a un, je te parie que les hommes seront pareils à ceux d'*avant* la science. Avec enfin la conscience aiguë que nous avons tous la même vocation. Ce n'est pas plus de choses relatives qu'il nous faut, c'est la fusion, mon cher, la fusion. C'est la résolution des conflits dans un accord, vois-tu, comme en musique, un accord musical planétaire, un arc-en-ciel après l'orage, un arc-en-ciel planétaire après l'orage planétaire!

La même vocation! Il était fasciné par l'Unité, par les rapports de ce qui *est* à ce qui *pourrait être*, de ce qu'on *sait* à ce qu'on *croit*. Oui, il avait un faible pour le théologique:

– On le répète, même Dieu ne peut défaire ce qui a eu lieu. Mais qu'en est-il du virtuel, de ce qui *pourra* se produire ou non. «Laissons faire les suppositions», voilà ce qu'on entend partout. Personne ne reproche à l'arbitre qui a sifflé d'avoir empêché le but qui *aurait pu* être marqué. Par contre, on veut tuer celui qui n'a pas sifflé avant le but qui *a été* marqué! Dans notre esprit, le fait prend toute la place, le possible n'est que rêverie. Pourtant, si tu y penses, qui veut seulement le fait, qui veut seulement le résultat du match? On veut le regarder « live », on veut le jeu où les faits arriveront, et personne ne tolérerait un arbitre qui siffle à tort et à travers et empêche le plaisir du *happening*. Nos limites nous donnent nos vertiges, c'est vrai, et nous aimons nos vertiges. Tu penses peut-être que je contredis mes immortels de tout à l'heure? Au contraire, je dis qu'à l'intérieur de nos limites nous cherchons la même chose, plus ou moins confusément. Même Dieu sur son nuage veut écouter le match, même Lui veut l'avenir qu'il sait et qu'il ne pourra défaire. Tu me dis que les hommes ont inventé Dieu pour oublier les faits? Et si c'était Dieu qui avait inventé le jeu pour qu'on oublie tous, Lui comme nous, les faits, rien que les faits! Pour qu'on préfère communier dans les possibles plutôt que d'être séparés par le savoir. Parce que, tu vois, nos certitudes, que sont-elles: il y a maintenant et il y a la mort. L'un passe et l'autre nous arrive dans le dos. Entre les deux, il reste quoi, il nous reste *l'indéfinissable*…

Il fit une pause et me fixa:

– En un mot, ce que je reproche à tes savants, c'est qu'il y a des mystères qui vont le rester. Nous n'avons aucune idée de ce dont nous n'avons aucune idée, un bébé sourd n'entend pas la voix de sa mère. Quelle est cette mère dont nous n'avons aucune idée? Je ne sais pas. Tes génies essaient d'en avoir une, mais cela au mieux ne donne qu'un petit fait de plus. Et non seulement ils oublient le merveilleux juste à côté, ils oublient que le sommet de la pensée, c'est une certitude *au-delà* des faits, celle du bébé dans les bras de sa mère. Tu vas me traiter de poète, mais cette nuit, vois-tu, je me suis levé, il y avait une longue baguette de lumière sur l'horizon. Une immense étincelle entre deux couches de plomb, un peu, tu te souviens, comme l'autre soir au parc. J'ai pensé : c'est très beau, l'heure incertaine, le jour contre la nuit, la vie contre la mort. Je me suis surtout dit : un autre pense la même chose, là, maintenant ; un autre *comme toi* pensait cela, il y a cinquante ans, exactement cela, et il pensait aussi qu'un autre il y a cent ans pensait la même chose que lui. Penser, n'est-ce pas viser une certitude en commun, une certitude globale, n'est-ce pas tenir ensemble la même chose ? C'est là que mes immortels nous attendent. Tu vois, Pasqualé, nous, nous pensons que l'intelligence va nous en sortir, alors que Dieu, lui, sent le monde. Être ému éternellement lui suffit.

« Hum... » fut ma seule réponse. Il me semblait entendre un nouvel Édouard, cet envol pacifiste et tout et tout, comme si quelque chose de l'ordre d'une conviction se libérait soudain. Enfin... Voulait-il que nous devenions divins ? Rêvait-il donc d'une chose que moi je n'osais m'avouer ? Poète ou théologien, je ne sais plus. Il avait parlé de séparation. Devinait-il cette espèce de séparation où ma vie se débattait ? Devinait-il l'unisson dont je rêvais secrètement, trop secrètement pour me l'avouer à moi-même ? Dans ce siècle des communications où tout le monde parle et personne n'écoute, ces fins d'après-midi distillaient une chaleur, et en même temps une curieuse forme de trac, un trac que l'on sent parfois entre hommes, pas si éloigné des amours adolescentes. Stéfanie plus qu'avant sortait avec les filles, mes actions plus qu'avant fluctuaient, c'est à peine si je m'en rendais compte.

8

J'avais l'impression en regardant Édouard de quelqu'un qui « s'accroît », qui s'entraîne à s'ajouter un pur potentiel, comme les culturistes s'ajoutent du muscle. Combien de fois je me suis retenu de l'attaquer à brûle-pourpoint avec un « dis-moi franchement, que nous prépares-tu?». Oui, que pouvait-il nous préparer? Il m'aurait répondu un marathon en deux heures, je l'aurais cru; une symphonie ou une tragédie, je l'aurais cru. Il m'aurait confié qu'il envisageait la présidence de l'ONU ou la Maison-Blanche, il m'aurait répondu «tout ça ensemble, mon cher, tout ça», je l'aurais cru.

Nous nous voyions ainsi deux fois la semaine, les lundis et vendredis en général. À l'occasion, il insistait pour passer me prendre au bureau. Je lui ai fait visiter nos installations. Quelque comité ou rendez-vous venant à s'étirer, il lui arrivait même d'attendre une petite heure après le départ des secrétaires. Elles m'ont dit qu'il s'absorbait dans les plans d'immeubles qui tapissent nos murs, ou dans quelque revue, ou qu'il bavardait avec elles, de tout et de rien. «Il est vraiment super, à tous les points de vue d'ailleurs!» était leur commentaire. L'architecture semblait le passionner, mais je pense qu'il le disait par gentillesse. On a bien visité une ou deux expositions. Il admirait les dessins professionnels, ce qu'on appelle dans le métier des «*blueprints*», et dédaignait l'architecture privée: «À Oxford, tu sais, les cottages sont médiocres, mais les bâtiments universitaires sont remarquables; à Ottawa, j'aime bien l'immeuble du Parlement…» Il y passait le milieu de la semaine et se promenait un peu partout, il adorait se promener.

Parfois on se retrouvait au club où il avait ses entrées, dans une pièce lambrissée, très oxfordienne justement, où j'abordai Hegel et Marx, Nietzsche, Freud, Sartre. Mais c'était pour revenir immanquablement aux antiques et aux classiques, là où «l'homme complet est en cause». Cet individu, si c'en était un, qui me faisait renouer avec l'admiration, m'avait pris pour maître en la seule chose qui lui importât vraiment: la sagesse! Se moquait-il? Non, à cette altitude, il pouvait se permettre cette candeur et qu'on le croie. Il était le Sage à venir, il donnait envie d'*être*. J'étais porté au bout de mes synthèses et plus loin encore. Je planais. Qui a senti un jour, en un éclair fugace, avoir tout compris ? Qui ? Eh bien, j'éprouvais ce vertige avec lui une seconde ou deux, à force de le vouloir, de le rêver. En même temps, forcé d'admettre mes limites, constatation à laquelle on tourne le dos de la façon la plus sournoise, j'en retirais le contentement de qui énumère en lui-même la liste de ses conquêtes avec l'impression de leur *nécessité* : ce sont les miennes, parce que les miennes, rien que les miennes ! Un Socrate satisfait. Car je flirtais avec une idée terrible : ce que j'ignorais, voulais-je vraiment le savoir ? Il me faisait franchir l'âge du tennis pour entrer dans l'âge mûr. J'avais beaucoup lu, désormais il s'agissait d'autre chose.

9

Seul à la maison début novembre, le téléphone sonna pendant ma préparation de philosophie ; eh oui, je me préparais. C'était Christine.

– Enfin, enfin !

– Enfin quoi ? Tu veux dire enfin seuls, Beauté, chère enfant de mon cœur…

– Sois sérieux, Pascal, ça fait des semaines que… Ce que j'ai à te dire, eh bien…, c'est très important. Tu te souviens l'autre jour ? Tu n'as pas trouvé la situation un peu drôle ?

À n'en pas douter, elle faisait allusion au trio raté chez Smiley's. Je n'étais pas surpris, le bizarre revient toujours se faire élucider.

– Eh bien, pour tout dire, à part un Édouard un peu plastifié, je ne me rappelle pas trop.

J'étais contrarié par le souvenir de cette crispation, plus encore avec elle.

– Ce n'était pas « un Édouard », comme tu dis.

– Que diable veux-tu insinuer, chère enfant ! Ne me dis pas que c'était *une* Édouard !

– Idiot ! Ce n'était pas Édouard tout court !

– Alors là, je ne te suis plus. Tu veux dire qu'il n'était pas dans son état normal ?

– Mais non, mais non. D'une certaine façon, oui. Écoute bien : il a un jumeau, un jumeau identique, Boris, qui travaille à Ottawa également. On se connaît depuis un certain temps. Tu comprends, Boris ne doit pas fréquenter qui que ce soit, surtout pas moi, une amie de Carole. Ne me demande pas pourquoi, c'est tabou, de toute façon je n'en sais pas plus. Écoute, Pascal, ce qui compte, c'est qu'Édouard n'est pas supposé savoir, point à la ligne. Pour Boris et moi, tu comprends ?

Un silence suivit, à couper au couteau. Elle enchaîna :

– Je t'ai téléphoné, mais chaque fois Stef a répondu. Au bureau, tu es introuvable, et je ne voulais pas insister, je sais qu'Édouard y va parfois. Mon dieu, j'espère que tu n'as pas fait d'allusions…

Autre silence catastrophé au bout du fil. Je n'avais fait aucune allusion à cette rencontre, je l'avais bien plutôt rayée de notre *relation*.

– Eh bien, si, ma chère… (je la sentis défaillir). Non, je blague ! Tu es chanceuse, le hasard était au rendez-vous, c'est le cas de le dire. Sois sans crainte, nous n'en avons pas reparlé… Ha ! ha ! Elle est bien bonne, je veux dire : *je* n'en ai pas reparlé !

Le téléphone raccroché, j'étais baba. Mais agréablement baba. Je m'étonnais, non de la situation devenue parfaitement explicable, mais de ce que l'extraordinaire et le farfelu fassent irruption comme ça dans la vie, un jour de septembre en plein après-midi, pour des raisons…, des raisons de bonnes femmes. Un scénario de cinéma en fin de compte ; on joue tellement intériorisé, on oublie que le film est comique. Un jumeau identique, diable! Identique au physique, peut-être. Car cet épisode saugrenu me rassurait deux fois plutôt qu'une. Jamais je n'avais été dupe. Et jamais Il ne m'aurait fait cet affront.

10

C'est à cette époque, incidemment, que parut dans une revue ouverte aux brassages d'idées, dont le comité international se partage entre Amsterdam, Londres et Toronto, un article de ma personne sur *Les métaphores architecturales en philosophie*; dont j'avais touché mot à Édouard d'ailleurs. J'essayais d'y surprendre une logique de l'expression échappant en partie à l'écrivain philosophe. Non seulement l'intérieur et l'extérieur, mais tous les recoins de la maison, des fondations au grenier en passant par l'entrée, la porte et les cadres, l'antichambre, les combles, sans négliger les oubliettes, l'avancée, le surplomb, le porte-à-faux, ni le portique et le jardin trop fameux, ni surtout, surtout l'idée de «résidence» elle-même, incontournable, tout cela, y prétendais-je, avait servi l'imaginaire et l'écriture de la philosophie, l'avait même modelée; j'en tirais pour finir certaines conséquences sur les rapports entre l'espace, le langage et le mental. Un exercice de style qui, avouons-le, m'avait coûté pas mal de loisirs. Maintenant, qu'on s'y intéresse dans une revue quand même d'envergure, me surprenait un peu. Un petit peu, mettons. En tout cas, voilà qui me faisait sortir de chez moi.

Je ne croyais pas si bien dire. En effet, cet épisode se laissait oublier tranquillement, n'eût été la lettre que je reçus quelque temps plus tard. Portant le cachet *University of West Virginia* et signée par un digne représentant de la philosophie américaine. Ici, il faut me faire violence. Ce représentant était plus que digne, il s'agissait d'une des figures les plus célébrées de la pensée d'aujourd'hui. Je ne pouvais le croire. Non pas que ce professeur m'en imposât, qui donc le pouvait désormais? Mais il y avait de quoi être surpris! Il me disait d'abord le plus grand bien de cet article qui, à l'entendre, anticipait sur des recherches qu'il poursuivait depuis longtemps; là-dessus, il m'invitait en toute simplicité à lui rendre visite – «Pourquoi pas durant le prochain congé de *Thanksgiving*? Avec un peu de chance, les plages de Virginie seront encore agréables.»

Est-ce l'image que j'ai présentée à Stéfanie, je ne sais plus, mais elle accepta sans la moindre œillade en travers. Quand on parle d'escapades, son sens critique est émoussé: «Ne crains rien pour le bureau, j'inventerai quelque chose!» Elle peut rédiger n'importe où et ce petit huit jours devait tomber à point dans l'agenda de ses fatigues. Je ne lui avais rien dit de la lettre, et ne comptais rien lui dire. Elle trouvait que je voyais souvent Édouard et que j'étais de plus en plus distrait, tout en se demandant si mes affaires allaient bien. Moi, je me demandais si elle ne devenait pas un peu jalouse. Stéfanie jalouse…, elle si indépendante d'esprit. Bref, moins j'en disais sur cette invitation, mieux c'était. Je ne pouvais quand même pas la refuser.

Nous sommes partis aux petites heures un vendredi, sans prévenir quiconque sauf Carole, bonzaïs et orchidées obligent. Officiellement, nous allions au New Jersey, ce qui était conforme à nos habitudes. Pour rien, comme ça, nous étions fatigués. Je téléphonerais au bureau lundi, et puis merde, si j'étais malade le monde continuerait de tourner! Afin de me concilier les grâces de Stef, il a fallu faire l'école buissonnière; dimanche soir, on était à Richmond, après avoir couché à Newport et Atlantic City. Lundi matin, on visitait Norfolk.

Durant l'après-midi, Stéfanie m'ayant précédé à la piscine de l'hôtel, j'ai trouvé moyen de téléphoner au professeur Richard B. Williams. Une secrétaire, une autre, puis c'est lui qui me rappelle cinq minutes plus tard. Il s'excuse, quelqu'un le retient, mais, apprenant que je viens de Montréal, il accepte de me voir le lendemain. La légère hésitation au bout du fil s'expliquait, il était très occupé. Ne restait, sans me trahir, qu'à persuader Stef de rouler encore un peu vers l'intérieur des terres. Au souper, dans le restaurant le plus chic du coin, entre une bouteille de Pommard et le guide Michelin, j'y suis parvenu. Si elle m'avait lancé son œil en coin, je craquais.

Mardi, au déjeuner, j'ai parlé de rendez-vous, tout en gommant l'essentiel des détails. C'était bon signe, mes réflexes tenaient le coup. J'ai eu droit cette fois à son fameux coup d'œil, que j'ai encaissé sans broncher : « Très bien, fit-elle, j'en profiterai… *to look at some antiquities.* » Il faisait un temps absolument magnifique. Ni froid ni chaud, avec un ciel si léger, verdâtre, oui, verdâtre, et un soleil blanc crème, irréel, faisant des halos dans les cirrus, un temps des débuts de la colonie dans les tableaux de l'époque, un temps pour la pensée. De loin en loin, quelques jeunes filles, quelques jeunes couples, sortis tout droit d'un calendrier *vintage*, garnissaient l'atmosphère. Tout en roulant, je rêvais les yeux ouverts : il manquait Quelqu'un à cette entrevue. Quel trio nous ferions devant un cognac dans un bar de Harvard, de Yale, de Berkeley, n'importe où ! Laissant le campus sur ma gauche, j'avais rendez-vous en cette période de congé universitaire au domicile même du professeur R. B. Williams. Sur une rue tranquille aux trottoirs bordés de chênes, dans un cottage gentil sans plus, il est venu ouvrir lui-même. Un costume de velours côtelé d'un jaune fatigué, la soixantaine souriante mais plus rond que sur les photos, il eut de bons mots pour mon anglais et m'offrit le thé.

Il me serait difficile de raconter l'entretien, si je puis employer ce mot. Et c'est surtout parfaitement inutile. Je suis sorti une demi-heure plus tard du salon du professeur Williams dans un état que je ne peux ni ne veux me rappeler exactement. Désolé n'est pas le mot, défait, décomposé serait plus juste. Il ne cessait de répéter « *I'm so sorry, really, Mr. Frate* », qu'il prononçait « fréte » au lieu de « fraté ». Cette sommité, qui avait accepté de recevoir un étranger le sachant venu tout exprès, n'avait jamais entendu parler ni de moi, ni de mon article. Le nom de la revue lui rappelait quelque chose, il l'avait peut-être parcourue une fois ou deux, là s'arrêtaient nos possibles fréquentations.

En pareil cas, il faut des tonnes d'amour-propre, croirait-on, pour sauver la face. Devant le professeur, j'étais trop stupéfait pour m'en soucier, mais devant Stéfanie… Une chance que je n'avais rien précisé ! Forcé de lui raconter une histoire, elle n'osa poser les questions innocentes qu'une femme a toutes prêtes dans ces circonstances. Pour la remercier, j'ai proposé qu'on remonte aussitôt passer le week-end à Ogunquit comme elle voulait. Elle accepta, mais en ce qui concerne mes boniments… Ce n'était que partie remise, elle le savait, je la priais d'attendre encore un peu.

Au bureau, lundi matin, une certaine tension régnait autour de quelques dossiers égarés, c'est à peine si on m'a salué. Dans mon propre état d'égarement, j'y ai prêté peu d'attention.

11

Il incarnait le Plein, c'est entendu, et plus encore. Impossible d'imaginer Édouard dépressif, rongé ou triste, comme s'il n'y avait pas de ratés, pas d'inconscient chez lui. Sans blessure et pourtant si sensible, un corps et une âme parfaitement ajointés. La grande idée de notre époque, je le répète, sera esthétique, l'éthique suivra. Le beau d'abord, le vrai ensuite. Le beau geste… La faute de goût comme faute morale. Nous y sommes déjà : science et technologie dignes d'intérêt lorsque dignes d'admiration, comme dans beau gadget, belle démonstration. Lui, il le pressentait, il l'accomplissait. L'exemple le plus anodin achèvera le tableau. Dans une boutique huppée, rue De la Montagne, j'avais essayé une chemise grise à rayures ton sur ton, un couturier japonais, la texture d'une finesse ! la tenue impeccable du coton pur fil et le toucher humide de la soie, disons-le d'un mot : deux cent vingt dollars. En solde à moitié prix, elle était hélas d'une taille au-dessus ; qu'à cela ne tienne, je n'arrivais pas à l'enlever, essayant d'imaginer les retouches qui…, pour me résigner après vingt minutes de torture et de torsion devant le miroir. Quinze jours plus tard, pendant que je parcours mes notes au comptoir du bistro, un client vient s'asseoir à côté et enlève sa veste, j'aperçois la manche, le tissu, diable, c'est la pièce en question ! Je lève les yeux, le client me sourit : Il m'avait encore volé. Je le complimente, tout en pensant enfin du mal de lui : du goût, certes, mais une petite vanité avec ça. Il me répond comme s'il m'avait entendu : « Ah ! Merci, Pasqualé, c'est vrai qu'elle est belle cette chemise. Je l'ai vue par hasard mais c'était du vol, vois-tu ; un mois plus tard, je la retrouve en solde au quart du prix ! La laisser sur le cintre, ç'aurait été de la vanité à l'envers, n'est-ce pas ! », le « n'est-ce pas » joué à la Pierre Cardin, en haussant les épaules et en s'esclaffant. Se refuser un rien quand on est seul à savoir est chose difficile en ce monde. Lui, il avait vu la beauté, l'avait jaugée, puis l'avait oubliée – mais sans la bouder. Que ne savait-il oublier ? Affirmer et du même souffle relativiser, donc affirmer plus fort encore, personne ne l'approchait. Le vêtement peut augurer du style, mais le style est le vrai vêtement. Je ne pouvais que croire en cet homme, et s'il avait fondé une religion, je l'aurais suivi, je lui aurais donné ma chemise ! Lui à qui elle allait si bien, Lui qui donnait l'idée d'un être plus complexe et plus simple que tous les autres, Lui qui était depuis la nuit des temps plus grand que moi !

12

Et puis…, et puis quoi, cela vaut-il la peine d'être raconté ? Aussi subitement qu'il est advenu, Édouard a disparu – à l'élégance près. Il est vrai qu'à moins de monter au Ciel… Carole a perdu sa trace et refuse de parler. Il aurait accepté une nomination à l'étranger, personne n'en sait davantage. Il était mon affaire, ma fierté, je ne pouvais rester là les bras croisés. J'ai essayé par tous les moyens, y compris mes gros clients, d'approcher l'ambassade : peine perdue. Je dérangeais, poser des questions devenait de plus en plus inutile et même suspect. Je me fous des scrupules, mais dans le métier, il faut être prudent ; le métier, c'est tout ce qui me reste à présent.

Aussi bien le dire, nous avions le projet de voyager ensemble. J'avais hâte, même si mes motifs n'étaient pas tous avouables. Peut-être qu'un tel phénomène n'est possible que par intermittence ? Certes, je n'avais plus six ans, j'avais apprécié puis déduit sa perfection : de Lui on ne pouvait que conclure au surhumain. Sauf qu'on se voyait de façon erratique. Le quotidien, rien de tel pour sonder l'image. Peut-être qu'il préparait ses tours comme un magicien, dont j'étais le naïf éberlué ? Peut-être qu'en coulisses je verrais ses trucs ? À moins, qui sait, que ce ne soit d'autres merveilles.

Il semble que je sois le seul à être affecté. Les filles à son égard s'étaient refroidies à mesure que je me réchauffais. Elles avaient attendu, admiré, puis classé Édouard. Réflexe de corporation ou de santé, j'imagine, il vaut mieux se débarrasser de certains rêves. Sans compter l'ennui, si prompt et jamais négligeable dans leur cas. Les femmes nous valent, c'est certain et plus encore, mais durant la période de probation vous êtes mieux d'étonner, sinon elles sont impitoyables. Tous ces prodiges dans l'*understatement* avaient dû les lasser. Ce rêve était plus sérieux dans le cas de Carole, la célibataire discrète mais intense, qui jouait depuis longtemps le rôle de l'amie fiable sans tromper personne. Je la comprends tellement, comment rester objectif devant Lui? Mais de son côté, me comprendrait-elle, ce qui s'appelle comprendre…

En y pensant, je revoyais certains épisodes d'enfance, quand au milieu du mois arrivait à l'école un nouveau, un nouveau magnifique. Excellent élève, beau, sportif, voyageur, qui avait tout. La classe entière et le prof en tombaient amoureux, et il disparaissait quinze jours après comme une étoile filante, sans laisser de traces. Ce qu'avait pu être pour Socrate la rencontre de Platon, et d'autres semblables dans l'Histoire. Oui, la puissance de l'Idéal, perdue depuis Platon justement, oubliée puis travestie sous des formes édulcorées. La puissance qui seule a véritablement la force de nous arracher, de nous élever vers… Autre Chose. J'avais de tout temps repoussé – je devrais peut-être dire espéré – quelqu'un comme Lui. L'attente avait duré trente-sept ans, je refusais maintenant de le voir s'éloigner. Qu'on le veuille ou non, on s'habitue au gabarit moyen, on se rapetisse, l'élastique s'ajuste, comme dit Bernard, on n'exige plus de soi, on ne sait plus ce qu'on peut. C'est là que j'en étais avant Lui. Je faisais peut-être grand dadais adolescent, mais je savais, moi, qu'Il était ma chance, la Chance. D'une autre dimension, d'une autre époque. Cela explique sans doute que mon regret ne ressemble à rien. Une déception érotique de l'âme si l'on veut.

Le parfait silence se poursuit. Il m'arrive de penser comme après un accident : que s'est-il passé, est-ce que tout ça a vraiment eu lieu ? Hier est parue dans la presse une manchette énigmatique. Des agents doubles ont été, après enquête, expulsés de l'ambassade de Grande-Bretagne pour espionnage. Rien de plus. Je bondis sur le téléphone pour en parler à Carole, qui me répond sèchement : « Ça ne me surprend pas, et franchement, qu'est-ce que tu veux que ça me fasse maintenant ! » Trois années durant, Carole a été secrétaire de direction au bureau du premier ministre à Ottawa. On n'en parle jamais, on la connaît depuis toujours. Ni d'elle ni de Christine, Stéfanie n'a aucune nouvelle.

Post-scriptum

Il y a un an déjà.

Un nouveau printemps arrive. La vie a repris comme on dit. Le travail, les amis. Un peu plus espacés, les amis. On change peu si j'en juge par notre rencontre de septembre chez Michel. Mais cette fois la conversation traînait, une chance qu'il y avait Bernard. On se retrouve au complet une seule fois par année et Bob Wilson n'est pas là, qu'est-ce qui se passe avec lui ? Je me suis demandé souvent ce qu'il penserait d'Édouard. À la fin, on était un peu éméchés, alors mon Bernard s'est énervé et s'est lancé sur sa grande idée, comme quoi la vie nous atomise, les seules brèches dans l'individualisme désolant, c'est l'amitié et la poésie, mais ça se referme aussitôt, nous sommes constipés, nous faisons dur. En l'écoutant, j'étais ému. Tellement que j'ai failli craquer en parlant de « nous deux », Édouard et moi. J'aurais dû. D'un autre côté, ç'aurait été avouer. Avouer que mes idées m'ont mené trop loin ; ils ont beau être mes amis, ils n'auraient pas manqué de se bidonner : qui aime bien... Ce sont des professionnels, ils traitent l'image en réalistes au fond, et moi qui leur répète depuis des années que le réalisme finit dans le scepticisme. Ils auraient eu beau jeu, surtout avec ce qui suit…

Je dois en effet rouvrir une dernière fois ce cahier.

Un colis m'attendait contre la porte tout à l'heure. Le paquet était affranchi depuis Bucarest, l'expéditeur s'était contenté d'inscrire à l'endroit habituel, D. V., et une ligne plus bas : URSS. À l'intérieur, une lettre :

RIGA, *21 AVRIL 198…*

Très cher Pasqualé,

Je profite de quelques jours à l'étranger, ceci te parviendra, j'espère. Tu comprendras que j'aie tardé et que je m'en tienne à des généralités. De toute façon, nous le savons tous les deux, tu n'étais pas au centre de mes activités à Montréal, ce n'est pas toi qui étais forcé de fréquenter les secrétaires de direction, si charmantes soient-elles.

Évidemment, la parution de ton article, la lettre du professeur R. B. Williams, le vol des dossiers gouvernementaux, c'était nous (tu vas comprendre que je ne puisse plus vraiment dire « je »).

D'abord, remercie ta bonne étoile, les patrons trouvent que nos efforts ont rapporté un bien maigre profit « technique » comme ils disent. Bien sûr, nous ne nous excusons jamais en pareilles occasions ! Et en ce qui te concerne, je n'en ai pas envie non plus. Je te le dis amicalement, tu en avais grandement besoin. Il est bon, n'est-ce pas, qu'on le rappelle aux faux sceptiques, c'est-à-dire aux vrais naïfs dans ton genre : ce n'est pas que l'« idéal » n'existe pas, c'est qu'il est une fabrication. De tout temps il l'a été. Superman, le génie universel, sache-le, est une autre de ces merveilles qu'on peut produire aujourd'hui, en y mettant les moyens. Les mythes n'ont besoin que de beaucoup d'acteurs, de moyens et de travail. Et tout ça, Pasqualé, crois-moi, peut gâcher la vie: prière de consommer à doses homéopathiques.

À l'École, nous entrons cent chaque année, il en sort trois ou quatre tous les cinq ans. Nous nous sommes entraînés à produire l'Édouard que tu as connu, extremely well that's all. *Il a appris le français très jeune, on sait comment polir le reste, comment transmettre des manières, un joli vernis, littéraire ou philosophique, préparer un pique-nique, se tenir dans un salon, etc. Des siècles de tradition aristocratique, ça laisse des traces. Et quand on ne sait pas, on s'informe! Un air mystérieux, un maintien de prince, ça se travaille, comme le sens de la répartie et du silence. Le plus difficile, crois-moi, est de se taire quand on sait la réponse. Tu as eu affaire à un acteur, mon cher. Un acteur préparé par un réseau, une tradition et les crédits de l'État. Une œuvre collective en quelque sorte, comme le Parthénon, le* Chrysler building *(ou la dernière Chrysler!), comme* Gone With the Wind! *Excuse le jeu de mot, la preuve que, laissé à moi-même…*

La partie philosophique de nos fréquentations était la plus intéressée, évidemment, il fallait se rapprocher du bureau en dehors des heures de surveillance. Mais vois-tu, grâce à toi, le volet «fondamental» sera plus poussé dans nos cours, pour qu'on soit encore meilleur. Enfin, si tu permets, je n'ai jamais excellé au tennis. Boris, lui, par contre, est un de nos anciens internationaux. Il m'attendait aux toilettes du parc. Avant de monter sur le court, tu te souviens, je me suis excusé… Nous n'avons eu qu'à répéter l'exercice à la fin. C'était l'idéal, c'est le cas de le dire! Nos conseillers sont formels, après avoir vu quelqu'un une seule fois, personne n'arrive à faire la différence deux ou trois semaines plus tard, surtout si le double est peu loquace et… par-

fait. Tu as joué un set contre l'un des meilleurs du pays, je t'ai regardé de loin, tu te débrouillais pas mal.

Allez mon cher, ne la déchire pas cette lettre, elle pourrait te servir.

DIMITRI « ÉDOUARD » VIRKOV

P.-S. : Tiens, il ne faut pas que j'oublie. Je n'aime pas cette chemise japonaise. D'autant plus qu'elle nous a coûté cher, et qu'elle avait un accroc à la poche.

La poche de la chemise n'avait pas d'accroc ; elle était boutonnée toutefois. Intrigué, je l'ouvris. Il y avait encore l'étiquette du fabricant. Au verso, on pouvait lire sur le papier glacé, incrusté à la mine de plomb : « Adieu, Pasqualé, moi aussi je te regrette. »

Table

Caché sous son lit, un garçon de sept ans est témoin d'un acte sordide qui met fin pour lui aux rêves du «vert paradis» de l'enfance. Aveuglé par la rancœur, il commence à perdre pied et décide de faire du mensonge et de la délation ses instruments de vengeance. Mais il ne peut en prévoir toutes les conséquences sur son entourage et sur lui-même. Il grandit en essayant de survivre aux divers drames qu'il a malgré lui provoqués. Le récit de ces événements est ponctué d'intermèdes dans lesquels, devenu adulte, il va découvrir les dessous du naufrage familial d'antan; il parviendra même à remonter jusqu'à leur lointaine source empoisonnée. Avec une écriture d'une grande musicalité, l'auteur présente en alternance les souvenirs de l'enfant dans cet univers familial oppressant, et les retours que l'adulte réussit à faire sur son passé. Roman riche et intense construit sur deux modes narratifs contrastés et évoquant deux pays très éloignés l'un de l'autre, autant dans l'espace que dans le temps, *Adieu, vert paradis* déroule un double contrepoint qui met peu à peu en lumière une difficile reconquête de soi par la mémoire et la parole.

Originaire du Caire (Égypte), Alexandre Lazaridès vit à Montréal depuis 1965. Il a fait carrière dans l'enseignement collégial, a publié un essai, *Valéry. Pour une poétique du dialogue* (Presses de l'Université de Montréal, 1978), et s'est intéressé à la critique dramatique et musicale. *Adieu, vert paradis* est son premier roman.

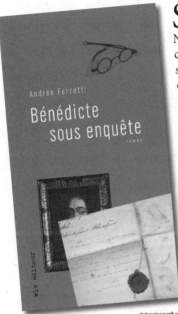

Sophie trouve, dans l'entretoit de sa maison tricentenaire de Neuville, au Québec, un manuscrit qui y a été déposé en 1674 par son lointain ancêtre, l'architecte et constructeur naval Guillaume Bertrand. Signé Bénédicte, ce document relate les événements majeurs qui ont contribué à la formation de la pensée et de l'œuvre d'une philosophe née à Amsterdam au XVIIe siècle et qui a vécu de sa naissance à sa mort dissimulée sous des habits d'homme. Qui était cette Bénédicte? Comment son manuscrit s'est-il retrouvé entre les mains de Guillaume Bertrand? Et y a-t-il moyen pour Sophie d'authentifier sa découverte? Au bout d'une année d'enquête menée avec son ami Baltazar, et après bien des péripéties, Sophie découvrira, à sa grande surprise, l'identité de cette Bénédicte dont elle se sent si proche.

Andrée Ferretti utilise ici toutes les ressources d'une écriture dense et chatoyante pour rendre vivante et familière une importante figure de l'histoire de la philosophie.

Bénédicte sous enquête est le troisième roman d'Andrée Ferretti qui a, en outre, publié des nouvelles et quelques essais politiques. Elle a aussi réalisé un recueil en deux tomes des *Grands textes indépendantistes*, dont le premier en collaboration avec Gaston Miron.